苗江铸
迅以
沾

茅书寿

观一局

棋

吴清源

不得貪勝

入界宜緩

攻彼顧我

弃子爭先

捨小就大

逢危須弃

慎勿輕速

動須相應

彼強自保

勢孤取和

癸卯秋 鑄久

以棋·会友

[美] 江铸久

著

深圳出版社

图书在版编目（CIP）数据

以棋会友 /（美）江铸久著 . —— 深圳 : 深圳出版社，
2024.9（2024.12 重印）

ISBN 978-7-5507-4031-0

Ⅰ.①以… Ⅱ.①江… Ⅲ.①回忆录—美国—现代

Ⅳ.① I712.55

中国国家版本馆 CIP 数据核字（2024）第 104208 号

以棋会友
YIQIHUIYOU

出 品 人	聂雄前
责任编辑	刘 婷
特约编辑	杨小果
责任校对	万妮霞
责任技编	梁立新
书名题写	芮乃伟
封面设计	日光 BRILLIANCE

出版发行　深圳出版社
地　　址　深圳市彩田南路海天综合大厦（518033）
网　　址　www.htph.com.cn
订购电话　0755-83460239（邮购、团购）
设计制作　见白设计工作室
印　　刷　中华商务联合印刷（广东）有限公司
开　　本　889mm×1194mm　1 / 32
印　　张　9
字　　数　145 千
版　　次　2024 年 9 月第 1 版
印　　次　2024 年 12 月第 2 次
定　　价　58.00 元

常昊序

记得我第一次见江老师，是在举国关注的第一届中日擂台赛他胜了片冈聪之后。我的启蒙教练邱百瑞老师为我争取到了和他下指导棋的机会。当时的情形已不太记得，但他在擂台赛上连克五位日本一流棋手让人印象深刻。

那一届擂台赛的最后，是聂卫平老师三连胜帮助中国队获胜。那时我已学棋两年多，看着他们，也想着有朝一日自己能够代表中国队参加比赛，希望能像他们一样建功立业。

后来我进入国家少年队，那时江老师和芮老师是成年队的队员，我们都住在当时的训练局，经常能见到两位老师。队里会安排一些少年队与成年队之间的比赛和对局，由于年龄差距，虽交流算不得很多，但他们对我们这些孩子都很关照。

后来慢慢成长，比赛多起来，和前辈们的交道也跟着多起来。

吴清源老师是棋界泰斗。以前代表中国队去日本参加富士通杯，每次吴老师都会来给我们打气加油；趁休息，我们会去他家里摆棋，他也会给我们讲 21 世纪围棋的发展、布局。秀行老师个性豪爽，他常带着"秀行军团"来中国交流；我从少年时开始就得到秀行老师的指点，并且很荣幸地在1999年被他选中，成为与他下退隐棋的中方代表棋手。曹薰铉老师既是前辈又是我一段时期的主要对手，是除了李昌镐之外我对战最多的韩国棋手。李昌镐则是我的好朋友，但在比赛中我们谁也不会有任何马虎、任何松懈，这既是对自己的要求，也是对对手的尊重。

这些棋坛熠熠生辉的前辈、高手，我都有幸与之有过诸多交集，有的甚至我在年少时就得到他们的指点，受益匪浅。围棋不仅是一项竞技，更有文化属性。江老师把中日韩这些超级大棋士聚集在这本《以棋会友》里，从旁观者，从生活中、赛场上点点滴滴的不同角度，来记录大师们对棋的认识，展现他们的人格魅力，这是一种很好的围棋文化推广。这些故事里，无处不闪烁着大师们智慧的光芒，无处不蕴含围棋精神。

2011年，江、芮两位老师回国，芮老师继续打职业赛，江老师则创办了从事青少年围棋教育的铸久会，同时进行围棋文化推广。九段高手教启蒙，这是一种尝试。其实教棋的职业棋手很多，但教启蒙的极少，因为大家不知道该怎么跟孩子讲。但江老师知道，而且他还知道怎么让孩子感兴趣。在我看来，评判一个老师会不会教棋，最重要的标准就是孩子学棋之后感不感兴趣。围棋有竞技性，同时又有很强的文化属性和教育功能。我曾经几次在职业联赛现场见到铸久会的孩子观摩比赛，他们安静且认真，有礼貌，有秩序，我就想江老师真是很厉害。

围棋的发展，离不开青少年教育。希望通过大家的努力，能让更多的孩子了解围棋，喜欢围棋。

2024 年 3 月 5 日

陈村序

　　江铸久，山西大汉也。力拔山兮气盖世，这是我还不认识他时的脑补印象。我热心看棋，当年那个中日围棋擂台赛更是非常关注。擂台赛刚起头，江铸久第二个出战，他的五连胜人人皆知，这是一个太大的广告，让人许多年过去了还津津乐道。我见过照片，那时的江铸久帅到要飞起来。

　　刚才我在网上看了那局江铸久七段执白对阵淡路修三九段。下到最后，连我都看出疑惑了，这白棋到底活了没有？惊险的是，这盘棋江铸久死里逃生，白棋最终以4目半胜。这个胜利，坏了日方以三人拿下擂台赛的预想。那时每胜一场，举国欢腾。

　　网上可搜到《聂卫平全集》中的文字，称"江铸久怒涛五连胜"。聂棋圣的文笔了得，"怒涛"二字非常传神，他找的细节也很精彩，写得动情，郑重地用了"有生以来"一词：

　　当江铸久退场时，观众们硬是把他围在入口处，一个个本子递上来，请他签名。

　　人越围越多，挤得江铸久的胳膊都抬不起来了。人们还在往上挤，本子一直顶到鼻子尖了。上海棋社工作人员一看这情景，赶紧把江铸久又拉上台去，护送他从后门离开剧场。

前门的观众还在痴痴地等在那里，久久不肯离去。这是我有生以来第一次看到人们如此热爱和崇拜棋手，那情景真令人感动！

我小学四年级时学过几天围棋。老师第一次上课开场就说：围棋是中国人的老祖宗发明的，现在下得最好的是日本，你们以后要为国争光。

我将这句话记住了。我虽然半懂不懂地读过吴清源先生的《白布局》《黑布局》《序盘战术和打入要点》等书，也曾参加过体育宫棋室的集训，但哪有本事去争光。我当然更不会想到，教过我的指导老师日后教过芮乃伟，芮乃伟后来嫁给了江铸久，开玩笑时说起，师妹和师妹夫争了光，我与有荣焉。

我是后来认识江铸久先生的，他书中说的故事我都没经过。我见他时，他和芮乃伟就要回国了。那时，他们想去开个博客，问我利弊。我自然更欢迎他们到我们论坛来，那个叫"小众菜园"的论坛是实名制的，非邀请不可发帖，相对清净一点。他们注册了，江铸久叫"村人"，芮乃伟是"风中的旅人"。于是，我们看到跟围棋相关、跟旅行相关的一些帖子。这是全世界唯一的两个九段的伉俪，众人喜欢他们，称他们"十八段"，说他们是"神仙眷侣"。网上有网上的好，在论坛上挂着，彼此就像天天见面，很亲切。

承江铸久先生错爱，嘱我代为写序。一连多日，我下笔滞重，陷入长考。读了他写的文字，很好读，对师对友情感深深。但他从逐鹿中原战火纷飞进入了一个"没什么了不起"的时代，写起来远不如写擂台赛那么精神。

江铸久不仅会写文章，还会拍照。那时小众菜园有多台尼康D200相机，他们也买了一台，外出时常拍一点山水。聪明人做什么像什么，贴在论坛上的照片很大气，很耐看。可惜，也许因为单反相机笨重，后来就不拍了。这有什么了不起吗？

书中写了伟大的吴清源先生，感恩之心溢于言表。写了曹薰铉、李昌镐师徒，感谢与赞叹。写了"赌王"车敏洙的慷慨和善意。这本书很好读，有信息量，有爱和情感。这有什么了不起吗？

最可乐的是一本正经地写太太芮乃伟，不写她对外人称他是领导，不写笑死了的时候会一头扎进他怀里，只写那些同事般的事迹。这个写法，很对头吗？

芮乃伟写得一手好字。她曾用毛笔工整抄写《金刚经》《心经》，写了多遍，分送"菜园"的一些朋友。江铸久于是也写字，他的字得到画家朱新建的称赞后越写越大，写完了挂起来自己先笑眯眯地欣赏。后来，他们的字写到了扇子上，包包上，瓷器上，令人爱不释手。尽管如此，这很了不起吗？

我们曾去苏州、去南京看望病中的朱新建，我们称朱新建为朱爷，每天在小众菜园跟他嬉闹。病中的朱爷见到"十八段"非常开心。江铸久说，他来指导朱爷画画，顺便请朱爷指导他下棋。老画家听了直乐。那时朱爷因中风已经不识字了，说话也不利索。他拿来自己的书，要江铸久给他读书。江九段恭恭敬敬地读了起来，读了一段又一段。朱爷全神贯注地听着。江铸久叹息没早点认识朱爷，未能多去祸害他几次。他喜欢的"祸害"，也用在作家阿城那里，阿城做过电影《吴清源》的编剧。江铸久跟一些人似有一点通的通道。这个了不起吗？

2008 年，汶川地震。小众菜园的朋友们商量如何为灾民做点事情，于是为四川江油一个叫赵家大屋基的村子发起募捐，善款用来给灾民买锅碗，用钢渣铺路，为村庄引来泉水建成自流井。至今，还能在网上搜索到这个善举，捐款的名单历历在目。76 人次，善款总额 40850.14 元，其中有"十八段"夫妇的多次捐助。那时，全国人民争着为灾民做事，海外善人也都出力，这点事情了不起吗？

回国之后，他们定居上海，江铸久勤于学说上海话。他的上海话十分好笑，他自得其乐，将上海籍 IT 专家竹人带偏。芮乃伟又去训练了，去比赛，有棋可下她就开心了，她是个为棋而生的女子。江铸久成了孩子王，正式开班，以九段之尊亲自启蒙小童，这大概也是绝无仅有。我去听过他上课，他教棋先教礼仪。走子前，孩子会相互鞠躬，孩子会向父母鞠躬。那时他的头发还是乌黑。他是一个极好的教头，将力拔山兮的力气用在循循善诱上。我在他们的群里看到家长的热情反馈，看到他对棋局的一些点评。更多时候，是他回复家长的请假、说迟到了很抱歉一类琐事。他带棋童去四明山集训，去日本、韩国、欧洲、美国下棋，去大赛现场开眼界。上百个娃娃身穿"铸久会"T恤在现场观赛，无声无息地记谱，可爱至极，被棋界视为奇迹。这个教头的头发渐渐花白，他教的孩子们受到众人的好评。我相信，那些孩子终身会记得他。这个，很了不起吗？

他振振有词地去大学推广围棋文化，他在荒芜的美国举办一年一度的"铸久杯"比赛已经到第29届，开出一个花园。他参演武打故事片，拜李小龙的师弟梁绍鸿为师，为一个小角色"四爷"发狠练习咏春拳，在教室、武馆和片场之间来来回回，耗时近半年。他的努力被梁师傅看在眼里，导演徐皓峰夸了四爷。这很了不起吗？

李世石2016年出场全球瞩目，在众人不拿AlphaGo当干部的时候，一直关心科学的他却不敢那么乐观。之后，电脑程序将所有的人类棋手打到降级，他不抱怨，而对人工智能抱着友善和警惕的态度，认真学习。今天，人人知道电脑比棋手厉害，也许会觉得先知先觉没什么了不起。

江铸久有空时携夫人一起出游，他们喜欢去现场体察各种文化。2020年初，差点被困在太平洋小岛上的石头人中间等"复活"。在上海，有时约了朋友抱着酒坛来我家，或者我们去他家，喝酒，吃芮乃伟做的韩国料理，聊有意思的事情。他们对朋友一片赤诚。只是，我们从不跟他们下棋。

　　我有时会想，如果没有围棋，这对夫妇会做什么呢？下棋是假戏真做，黑子白子，半目的出入也很揪心。真戏就是人生。下棋，拜师，朗读，捐款，教娃，写字，旅行，所有的作为也许都没什么了不起，不叱咤风云，不万马奔腾，但它的总和，两个人的相濡以沫，一个人纯纯正正地将一生交付，便是人们能达到的了不起了。换个视点，正是他们的师父吴清源先生身体力行的"中的精神"。

　　是为代序。

2024 年 4 月 14 日

和导演徐皓峰学拍戏

赞助商请出了七十多岁的吴先生与他特别对局。

皓峰问：对局时什么体会？

依田答：布局过后，无意中望向对面，吴先生周围有光环，就像佛祖坐在对面，真幸福。

作为一部影视剧，超棒的画面就此出现。

◉ 吴清源

围棋大师。7 岁启蒙，14 岁东渡日本。自 1939 年开始"升降十番棋"，十七年间，在擂台上战胜了当时日本所有一流棋士，被誉为"昭和棋圣"。70 岁引退，致力于世界围棋发展、中日两国友好。2014 年 11 月 30 日去世，享年 100 岁。

师父吴清源

一

1993 年 12 月 6 日,东京新宿。林海峰夫妇和日本作家江崎诚致做见证人,乃伟磕头,正式拜吴清源先生为师。

当时,九段长达五年之久的芮乃伟棋业上似乎已经穷途末路,没有了正式比赛的机会。师父吴清源距 1961 年车祸后淡出棋界也已经 30 多年了。师徒二人都像是走到了人生的歇脚处,既得幸遇见,兴冲冲摆上一盘棋,他们心里不装无常世事。

师父常说,要活到一百岁,研究 21 世纪的围棋。而乃伟活在当下,更具体地说是活在棋盘上。其时,她下棋布局还不够好,眼界也无法与师父相比。但只要上了棋盘,任对面坐谁她都六亲不认,只认棋。当时,世界棋坛高奖金棋战不断,正是林海峰、武宫正树、赵治勋、小林光一、王立诚、依田纪基、曹薰铉、李昌镐、聂卫平各路英雄逐鹿厮杀的

"战国时代"。师徒二人钻研大赛对局，常因乃伟先研究过或在现场看过复盘，再同师父摆棋时招法会快些，争执不下，师父一时也说服不了乃伟。但只要乃伟再去，师父必定想出了更好的办法在等她。

师父是恰好看中了乃伟的执拗。

2000 年，乃伟在韩国开始重新比赛下棋。记得当时与号称"世界第一人"的李昌镐对局，她用师父教的尖冲无忧角胜了对方。韩国棋界称此为"明知不利，仍然不负师命的'气合'"下法。重返赛场，从徐奉洙、刘昌赫、李昌镐、曹薰铉、赵治勋、小林觉到聂卫平，乃伟一路认棋不认人地杀将过去。遇有采访，她总说这个布局同师父摆过，那一招单关角外靠是师父教过的。韩国棋界或多或少不太认同乃伟的说法，认为是她自身实力强和自谦，对师父，是因为尊重。

我知道乃伟说的是真话。拜师之前和之后的芮乃伟，是两回事。

师徒二人结缘之后，凡有机会对局，不管是研究会还是正式比赛，乃伟常常采用师父传授、研究，甚至是研究未有结论的方法去下布局。这不是刻意，而是长期学习之后的一种本能。

1994 年，我加入他们师徒的研究会，时常看着师徒二人一摆棋就四五个小时。中途师母会送点心、咖啡和茶，如果不提醒，师父看不到它们。当时我 30 出头，正是身心俱佳之时，常常摆到中途人就觉得疲惫，点心、咖啡、茶统统来一遍，再去洗手间洗把脸，回来看他们师徒，岿然不知外物。所以我也常常说，人要见世面。如果不是亲身体验师父的专注，我还一直觉得自己就是喜欢用功、能用功的一类人。

一直到现在，每年寒暑假，铸久会的孩子们来集训，家长们会说江老师记忆力太好，还能记这么多孩子的棋谱。我就会很感慨，同当年看师父摆棋比起来，用脑力不及十分之一。

对于很多专业棋手来说，吴清源是一座无法抵达的山。

在我学棋的漫长岁月里，吴清源老师就好像是来自很远地方——比方说云端的高手。20 世纪 70 年代，吴老师的《定式要领》《黑布局》《白布局》《序盘战术和打入要点》，感觉学都学不够，遑论其他。1978 年进入国家队，不顺时我就会想，如果吴老师是天才的话，说明自己怎么努力也是没用的。好气馁。

又有时成绩还可以，顺的时候，就会想既然学棋用功是必要的，有高手带、向高手学是必要的，那么当年在没有高手的北京城，吴老师是如何炼成高手的？没有高手对练，十二三岁的孩子是怎么一出来就把中国许多高手比下去的？按照我的学棋经验，就靠当时国内的学棋环境和水平，是不可能的事。

直接用天才来归纳当然对，但不够，也无趣。就像吴老师下十番棋时期，如日中天不难理解。能发明新布局的人，他跨步的速度常人自然无法追赶，所以我才会更好奇，天才会有多努力，用什么方法努力。

在不认识，甚至到认识吴老师的时年里，我一直怀揣着这些问题，每每想起来就要琢磨。大约这就是我终将得以认识吴老师的因由，这是后话。在这之前，穷尽想象，都会觉得能和吴清源学棋，是痴儿说梦。

1983年左右，吴老师的自传《以文会友》出了中文版。一口气看完，解答了一些浅表的疑问，比如知道吴老师很用功，可是我也很用功啊！又比如吴老师7岁学棋，比我还晚。

围棋在小的时候初学，没有高手带是很难进步的。

其一，靠自己打谱做死活题效率太低。

其二，对手少，比赛少，很难进步。

其三，初学阶段，靠父亲吴毅的水平提高棋艺这种说法，我是不大信的。

待到 1994 年与乃伟在吴老师身边，得空请教这些疑虑，求解心切，一上来就直接问，方法不对，吴老师不太喜欢说以前的事情。总说："21 世纪的围棋等着咱们研究，您不能等，要多研究，多学（xiǎo）。"还是他的老北京音。

好在总能聊到一些从前，让吴老师突然来了兴致。比如说到从小要同两位哥哥一起背四书五经，哥哥们明显比他强。吴老师说："那真是苦，背不出，打手心。下棋就高兴，哥哥们下不过我。"说着，笑得像个孩子。还主动伸出双手让我摸，"瞧瞧，打谱手指头都弯了。"

我赶紧接过这双改变围棋世界百年历史的手，温，润，柔软。

那近三年同哥哥们一起背诵典籍的经历，不仅锻炼了记忆力，还为吴老师的国学功底打下了很好的基础。7 岁开始，吴清源捧着棋书夜以继日地打谱。左手捧不住就换右手，如此不知停歇的后果是，两手的中指因为长期撑着书脊，再也伸不直了，也由此锻炼成左右手均可自如摆棋的绝活。所以说，就算是天才，好的学习习惯也是从小养成的。吴老师一向体弱，那么强而持久的专注力，其实来源于自幼被强化成了本能的习惯。

中国围棋史上棋书极少，竞技围棋之后，因为缺乏正规的比赛，棋谱书就更少，很多棋手只能自己印制棋书。没有了学习的环境，竞技的质量自然也就更弱。时局之下，父亲吴毅又怎么能给吴清源备下如此之多、之珍贵，以至于能让其中指打弯的棋书呢？

吴清源家族在福州是望族。爷爷吴维贞经营盐业创下了很大基业，到他父亲这一代，家道中落。20世纪初，20岁的吴毅自费留学日本。两年的留学生涯让吴毅痴迷上了围棋，有空就往方圆社跑。方圆社是第十八世本因坊村濑秀甫创立的围棋研究会。吴毅在那里跟中川龟三郎学习棋艺，一盘棋要付2日元的指导费。当时，刚毕业的大学生月薪大约是40日元，这笔不菲的学棋费用对于吴家来说是奢侈的，要向当家的哥哥吴继筬额外申请。

方圆社作为日本棋院的前身，在大小棋社遍地的日本，被棋手们视为围棋"圣地"。一名初学者一开始就跑到方圆社学棋，是许多日本围棋神童都没有的缘分，如果不是留学生，又肯花银子的话，职业高手会不会和他下指导棋是问题，方圆社收不收他也是问题。

应该是受父亲维贞公艺术修为的影响，吴毅学棋之初，出于本能，他直奔最好的地方，找最好的人。至于学业、回国后如何谋生、他人如何看待，他全不在乎，也顾不上了。就这样，吴毅在日本一头扎进中国文脉里重要的一支——围棋。就连翻看方圆社主编的棋谱《敲玉余韵》，发现与他父亲的诗选《韵学备参》书名中有一字相同，都令他暗暗开心。

然而，一年多的苦心潜学之后，吴毅幡然醒悟：成为职业棋手，对他来说已经不可能了。围棋对人的脑力、体力要求太高，好棋士无一不是从小开始。

接触到围棋的时间太晚，在这痛苦又清醒的一击之后，吴毅带着自己学棋的全套棋书，毅然回国。也许是爱之切痛之深，之后的七八年间他再不摸棋，直到幼子吴清源7岁。一开始，他教三个孩子象棋和军棋，男孩们很快就觉得没意思，于是，最难的智力游戏围棋顺势上场了。就这样，并无特殊的因由，也无跌宕的背景，仅是父亲一念之间，少年吴清源得遇围棋。只是这一念，天命也许铺陈了三代。

天才故事的开篇，就是小弟弟很快杀败了他的哥哥们以及他的父亲。欣喜若狂的吴毅带着吴清源遍访北京名师，同时立刻开始从方圆社再次订日本棋书。

此时，日本围棋如樱花般正盛，命运要开始重新布局。

二

2001 年 8 月，我和乃伟陪吴老师参加首届中国贵阳国际围棋文化节。有意思的事情发生在中央电视台《五环夜话》的节目录制现场。

节目以"昭和棋圣吴清源先生及弟子林海峰、芮乃伟"为主题。提问环节，主持人循例问老师最为满意的战绩，吴老师自然是"不满意"，这也是他的惯例。

主持人继续问："啊，独自在日本创下这么辉煌的战绩，为什么说不满意呢？"

吴老师语重心长："现在要紧的是研究 21 世纪的围棋，这才是最重要的事。" 21 世纪的围棋是全方位的围棋，"六合之棋"。与此相比，对以前的下法自然就不满意了。

主持人问："'六合'是从《易经》而来？'亢龙有悔'是什么意思呢？"吴老师用心地解释了一番。越解释主持人越云里，他必须拉着吴老师往人间走，"降龙十八掌您知道吗？"

顿时吴老师就雾里了——

"不知道。"他诚恳地说。

"金庸先生也参加了这次活动，他写的人物风清扬您知道吗？"

"不知道。"

"据说风清扬就是以您为原型写的，郭靖则是以林海峰老师为原型。"

不出意料地，师徒二人同答："不知道。"

台下，我和师母都笑了。

抵达神坛的人最能诱发人们的好奇心。可通常我们想知道的，却又不是他们所关心的，这也是生活的有趣之处。

其实，吴老师和林老师同台参加节目的机会很少。大家只知道师徒关系，却不知师徒间的故事，但凡说到摆棋不用功，吴老师给出的例子一定是"海峰就不用功"！

乍一听很难理解。

在日本棋界，林老师是用功出了名的人。每下完棋，他回家首件事就是复盘，林师母说，但凡那天棋摆得久，必然是输了。这其实是吴老师学棋的习惯，而大多数如我们，常常是输了棋就不想多摆。

1952 年，用十番棋赢了靠升段赛成功晋级为当时日本唯一一位九段的藤泽库之助之后，吴老师去台湾。当时的台湾棋院理事长周至柔拜托吴老师收下号称全台湾最强天才儿童林海峰做徒弟。其时，吴老师应邀公开表演，让林海峰六子对弈，以1目小胜。

很多年后，同乃伟研究围棋时提及此事，吴老师笑到不停："我使劲把棋下得复杂，哈梅手（hamete，过分之手，骗招）都用上了，一路便宜到官子，才赢了海峰1目棋。"

说完，他像孩子一样笑到前仰后合。

但这1目对当时年仅10岁的林海峰造成的挫败感之大，让他很长一段时期都怀疑自己是不是下棋的料。经历了吴老师，海峰开始知道通往胜负顶峰的路寒凉苦苦，要有无尽的忍耐和用功。吴老师待他人一向亲切，待徒弟一贯直接，时间长了我们都明白，林老师被他老人家说不用功，那是享受。

还是贵阳国际围棋文化节节目现场，还是那位主持人，他问：林海峰先生是日本棋院的常青树，努力用功，作为您的徒弟满意吗？

吴老师答：满意。又迟疑了一下，说，海峰用功的，还要多研究21世纪的六合围棋。

现场响起掌声。

林老师之幸运在于早早得遇吴老师，相比之下，吴老师7岁开始的围棋之路需要用上"传奇"二字。其实传奇也就是更深刻的苦和更极端的戏剧化而已。

1924 年，10 岁的吴清源跟着父亲去到位于北京城宣武门外的海丰轩，同汪云峰让五子开始，一路赢到让三子。被小朋友连胜是抹不开面子的事情，这棋自然就不好再下了。

1925 年，父亲肺病一病不起，不久便撒手人寰。那段时间，举家收入全无，先是换到更小的房子，然后是大哥辍学，不断地典当家里的字帖文物为生，兄弟三人只有吴清源每天还在规律地打谱学棋。

"苦，真是难过，可是没有办法。"每提及此，吴老师总是这一句话。

1924 年下半年，段祺瑞重回北京主政。酷爱围棋的他，在自己府里办起了棋会。北京的围棋高手们一大早就聚到段公馆，下棋，早餐，下棋……往往到中午才散。

父亲辞世不久，少年吴清源经顾水如的介绍，开始出入段府的棋会。段祺瑞赏识吴清源的才华，给他每月 100 大洋的奖学金，就此，年幼的吴清源担起了养活全家的担子。

"段总理人好，同我下，被我把大龙杀死，生气了。那天大家就都没有吃成饭。可是他依然给我这小孩子发奖学金……"

1925 年，台湾来的林熊祥带吴清源到日本人开的"大和俱乐部"棋馆踢馆。迎战的是掌门人、古董商——业余强豪山崎有民。

当时的"大和俱乐部"在北京棋界很出名，高手多，棋会多，常有日本职业棋手到访，水谷职业初段更是长期驻馆教棋，是普通中国棋友难以跨入的地方。

尽管事先知晓了吴清源的来历，山崎也还是低估了这位11岁的少年。

从各方面来说，山崎的低估都很正常，于是就有了戏剧性。

这盘加了彩的棋下了五小时，自负的山崎在不停地长考之下下的棋，对方都能轻易化解。山崎在1932年出版的《吴清源和围棋》中回忆这段往事：我输了。对于我自己来说，这盘下了五小时的棋，我并没有下什么明显的失着，但清源一着一着都是先手攻入要害，我根本抵挡不住。仅仅是这一盘棋，我就明白吴少年是围棋大天才。

就是这位输棋的山崎有民，在天才少年吴清源的未来担当了重要角色。

对吴清源来说，印象深刻的是接下来的对局，对棋馆老师日本围棋职业初段水谷。一上来，水谷用了定式的变招，有点点骗着。吴清源一开始被动极了，直到中盘扭转局面，一路杀惨了对方。

吴老师回忆这盘棋，说："当时我想过的，对方下的我不认识，对定式还不熟，否则就不会被对方骗了。"

11 岁的孩子，先下了五小时，再下一盘初次对阵职业棋手的重要对局，晚饭后直至深夜，还在想着自己对定式研究不够。这种定力、修为和悟性，这当中的棋理，我是在进入国家队之后才隐约触及的。

赢棋并没有给 11 岁少年的贫苦生活带来惊喜。

1925 年间，吴老师周末摸黑起床，去东四十条段祺瑞执政府上下棋。家里已经没有车了，从西四到东四要走着去，大哥吴浣陪着他。

一次与乃伟研究完棋，我问吴老师："从北京城东到西路过皇城根，有点背，冬天时天黑您走路不怕吗？"

吴老师应声笑着说："怎么不怕？天黑，路过那里没人，挺怕的。咦，江桑，你也在？你怎么知道的？"他转过身子正对着我，诧异的眼光直直地看着我。

"我不在，我不在。我知道，我知道。"被吴老师盯着看，我无端地难过，语不成句。

这段路，在北京时我特地步行过，去体会吴老师小时候跟着 14 岁的大哥吴浣走路的感觉。时空若真能穿梭，我想陪老师走那一段路，看冬天的朔风和黑暗的投影，如何交错在那个 11 岁少年的肩膀上。

1926 年 4 月，段祺瑞下野。养活一家人的 100 大洋奖学金也就此中断。据二哥吴炎回忆，那段入不敷出的时期，吴老师在海丰轩下完指导棋后，老板会管三兄弟的饭。

转机还是山崎有民。

这位日本商人确认吴清源是少见的天才。可就算是天才，如果一直留在当时的中国，在他看来无非也是泯灭而已。

他需要一位卓越的指导者。所以，一定要把清源送到日本去，这样才不辜负他的才华。而且这不只是吴清源一个人的事情，对中日亲善和两国围棋的发展也会产生很好的影响。

山崎有民开始为送吴清源去日本留学而奔走。这在当时之中国和日本，都像是愚公移山的一件事。

回头去看，吴老师凭借一身棋艺的魅力横扫过多少有识之人，就有多少人愿意为他的才华而奔走。所以说体育、艺术没有国界，哪怕生逢乱世。

但仅凭"受三子能与日本的一流棋手下个差不多"，要让当时的日本棋界承认吴清源是一位旷世天才，不可能。1918

年，16 岁的岩本薰来中国，让中国一流高手二子仍然大获全胜，后来 24 岁时升为职业六段，他就是大天才，吴清源能与他比吗？在日本，少年成名的例子实在太多，年少时都是家乡的天才，成名后进入职业棋界，就会发现周围最不缺的就是天才。即便是山崎本人，也曾有过动摇：但是，吴少年真的是天才吗？送他去了日本，果真能够大成吗？如果只是成为一般的棋手，那清源的一生就毁在了我的手里。

好在少年吴清源最不怕，也唯一有的本领就是用下棋来证明自己。

1926 年 8 月，他获得了和岩本薰对弈的机会。当时，年长吴清源 12 岁的岩本薰六段在日本排名前十，是日本围棋界年轻实力派的代表人物，他的到访是北京棋界的大事。王克敏会同吴清源的姨父李律阁招待日本棋手。李律阁很喜欢亲戚里有出类拔萃的孩子。

山崎有民联合北京棋界组织了欢迎棋会，地点在东城八宝胡同内的万岁屋，由刘棣怀出战岩本薰，刘受二子，胜。改日易地再战，这次是顾水如上阵，仍然是受二子，最终负于岩本薰。轮到吴清源时，岩本让三子。对局结束后，岩本薰小声自怨："没想到会输，居然还是输了，真对不起。"

很遗憾这局棋没有留下棋谱。两天后，移战王克敏家中。岩本薰在那天的日记里写道：8月22日，再次和吴泉少年下了三子棋，仍然输了。吴少年才12岁，真是一棵有望的好苗子。如果能到日本来学习，成为一名高手是轻而易举的事情。

后来，经王克敏提议，他们俩又下了一盘让二子的棋，双方使出全力，一番大战后，吴清源以2目之差败北。尽管输了，岩本薰对吴少年的评价反而更高，认为在日本已经没有业余棋手能够战胜吴清源了。面对山崎关于吴清源才能的询问，岩本薰答：吴少年绝非池中物，就这么待在中国，也能达到职业三四段的实力。但是，如果赶快去日本深造，努力学习正确的棋道，那么一定会成为一名了不起的棋手的。

山崎大喜，让吴清源去日本留学一事，已经成为他的人生追求。但是，不是说要快吗？吴清源眼看着就是北京第一，谁还能磨炼他？

时间又过去一年，山崎的努力仍然不得法。

北京棋界的大佬们对于吴清源赴日一事也一直持反对意见。一方面，他们觉得吴清源在国内下下棋不是挺好吗？遇到日本棋手来访也可以代表北京棋界出战。另一方面，当时的中国，并没有人认为围棋可以用来生活，可以成为事业，甚至追求。

唯一坚定的支持者，就是吴清源的母亲张舒文。她从小跟着做过巡按使的父亲张元齐走南闯北，不裹脚，有见识。既然在北京不可能以下棋为职业，又想到丈夫曾经在日本学过棋，也算传承，也算天意，觉得儿子如果能到日本学棋，不妨一试。

吴老师同我提起赴日下棋一事时，说："我母亲最为肯定来日本的事情。很多人反对的，母亲最为坚决。"

联想到自己的亲人，老师神情严肃起来，刚刚端起要喝的咖啡又放回到桌上。

"那您觉得来日本的事好不好？"

"我小孩子呀，听妈妈的。"吴老师看着我快速地说。

"您不是来日本前就学习日语了吗？"我用自己的逻辑追问。

"是啊，山崎的夫人很亲切地教日语，我就学了。"

"那就是准备去日本啦。"

"没有啊，就是学日语。"

1927年，井上孝平五段来访北京。

和吴清源的第一盘棋弈于北京围棋爱好者为井上举行的欢迎会上，地点依然是北京东城八宝胡同的万岁屋。对局手合为井上让吴清源二子。虽然井上是上手（水平高的一方），但整个气氛却完全相反——吴清源每落一子，周围就响起一片赞叹声，而井上则埋首盘上，一着接一着地长考。最终，这局棋没有下完，但观众都看出来，井上已是必败的颓势。

几天后，井上与吴清源再次相遇，手合一样，下到后来形势一样，结果也一样，没有下完。

之后，北京的围棋爱好者又组织了一场欢迎井上的棋会。在前门房头条胡同的一个名叫"青云阁"的餐馆，吴清源第三次与井上对局。青云阁是个很大的餐馆，那天，餐馆的每个房间都挤满了看棋的人。这次对局没有再让子，而是改为让先，即吴清源执黑先行。棋下了很长时间，到深夜一点半仍然没下完。不过吴清源的黑棋一路领先，当时也已经是井上必败的形势。这盘棋留下了棋谱。

对于山崎及众看官而言，三盘棋全是在中途打挂，实在是不够过瘾。

而在姨父李律阁的棋会上，吴清源执黑再对井上五段。吴清源采取了经自己改良的流行下法，既吸收了日本围棋的长处，又保留了中国围棋的风格。黑棋很快取得优势，最终中盘胜。这盘棋的棋谱，发表在当时日本的围棋杂志上。

两天后，在王克敏举办的棋会上，井上终于挽回一局。

这一场轰动北京棋界的战事，整个对局结果为：吴清源受两子两局，以他占绝对优势，最终不得不打挂。在让先的三盘棋里，则是吴清源一胜一负，另一盘也以吴清源优势局面打挂。对局期间，井上长考频频，费时远多于吴清源。

一直守战的山崎有民在井上回国前特地探问吴清源实力。井上回答："第一盘棋我就看到了吴清源的力量，他的棋形状感很好。这个少年对日本的棋型都非常了解，而且还能做改良。吴少年已经大成了。在让先的几盘棋里，我能赢到一盘，实在是很幸运的事。"

山崎高兴极了，他把吴清源和井上孝平的棋谱寄给了濑越宪作七段。这位日本商人用自己的诚意和跋涉，成全了自己的执着。濑越老师在《棋道》杂志上评论了棋局，他说，从棋上看到了秀策年轻时候的才能。

认识吴老师后，听他说过好多次："这让先的三盘棋，井上后来常常讲解给别人听的。"

那是啊，这是证实吴清源才能的重要一战，是虽败犹荣的事情。这一战说明在与岩本薰让二子之后的一年，吴清源的棋艺大幅精进。这也是让我感兴趣的地方，围棋靠自学越往上越难，自己独习会不自觉地在思路上变窄，尤其当周围人的水平相对弱，而自己又还只是个孩子，没有高手磨砺，进步几乎是不可能的事情。少年吴清源用什么方法突破的常规？

每问及此，吴老师都说："喜欢棋，所以摆棋学习不觉得累。"

这不是累不累的问题，独自习棋在初期的效果还不错，水平越往高处，越是难上加难的事。换个更直白的说法，这种自学法在世界棋坛至今还未见第二例。比如研究黑棋错小目布局，很长一段时间，大家都不会大飞挂角，因为有定论嘛，大飞挂角对方普通小尖应，你就亏了。吴老师后来多次大飞挂角，最初是怎么想出来的？怎么就认定可以下了？

没有人知道。

之所以说 AlphaGo 极大地提高了当代棋手的棋力，就是因为它让棋手在未知的领域有机会取得哪怕一点点的进步——寸进都已经是了不起的进步。

我们总喜欢强调天赋，觉得有神助，然而往往就像当年日本的棋界，家乡处处出天才，天才出道以后，才发现家乡的豪誉不过让自己站到了战场上而已。刀剑出鞘还顾念着"天才"这件旧袍，会脸红的。

十多岁的吴清源面对日本强手接二连三的来访，都是真刀真枪一盘盘干出来的。也唯其如此，吴老师真是从不以天才自视，总是强调要用功、要努力。那不是自谦，是他漫长一生的经验。

　　大约也是因此，吴清源在教徒弟林海峰的过程中，身教言传，呈现的是自己。

　　"海峰就不用功。"老师一边念着师徒间的暗号，一边对林海峰赴日之后的所有对局做眉批，仔细指出优缺点、胜负处。1965 年，林海峰 23 岁，4∶2 击败如日中天的坂田荣男九段，获得围棋界最高头衔"名人"。吴清源对少年林海峰的培养，是对未来狮王的期许。

　　至于乃伟，在贵州那次，主持人最后阶段问吴老师，对后来收的徒弟芮乃伟满意吗？

　　"满意。"

　　"芮乃伟是成为九段之后才拜在您的门下。您觉得同徒弟林海峰先生相比，有什么不同？"

　　"像多了一个女儿。"

　　"那您怎么教她呢？"

　　"不教她，咱们一起研究 21 世纪的下法。"

"她好教吗？"

"教她有意思。芮乃伟常常不同意我的看法，要让她明白就要研究出更厉害的办法。不好教，不好教！"吴老师边说边摇着手。

全场笑声一片。

节目录完后，我们同吴老师一家、林老师一家、秘书牛力力一起吃饭。席间，吴老师说："我要活到一百岁。因为还有很多棋上的问题没有研究清楚，你们都要好好努力用功，多多研究棋。我要活到一百岁。"

我想说的是，言传身教也会像基因遗传，在乃伟身上已成为理所当然。

三

1927 年，山崎将吴清源的四张棋谱寄给了日本的濑越宪作七段。

八十九年后，韩国棋手曹薰铉在他的自传《无心》中回忆老师濑越宪作："老师的一生只收了三名弟子，分别是改变了世界围棋潮流的吴清源、关西棋院的创始者桥本宇太郎和我。"

这三个人，都是世界一流的棋手。

一个在 1930 年至 1950 年的十番棋擂台赛中，将日本高手逐一打败、降格，因此被尊为棋圣；一个在 1940 年至 1970 年间，在本因坊战、王座战、十段战中接连取得九连胜，并创立了关西棋院；一个在被称为世界最早的围棋奥运会的"应氏杯"上赢得冠军。

什么是"一流的棋手"？曹薰铉的自传中，记录了濑越老师对他说的话："做二流的人很悲哀。薰铉，你既然选择了这条路，那你就一定要成为一流才行。不然的话，人生太可怜了。"

大约从棋谱抵达濑越老师手中那一刻开始，就启动了吴清源人生的分水岭。

濑越宪作在日本的《棋道》杂志上发表了棋谱，并回信给山崎：看了棋谱，我不禁愕然，这简直就是棋圣秀策少年时代的棋。为了棋道，我决心要促成这位少年前来日本留学，使他成为名留青史的棋士。

收到回信的山崎大喜过望。

为了棋道——

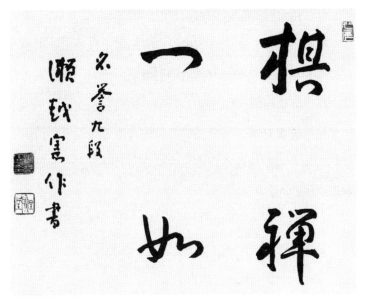

• 濑越宪作手书。

在日本棋界，没有比濑越宪作先生更合适说这句话的人了。

自幕府政治落幕之后，1871年开始，日本政府不再拨款给围棋界。1923年关东大地震后，1924年，大财阀大仓家族赞助成立日本棋院。当时，作为整合条件之一，本因坊一门要求大家对本因坊秀哉的交手棋份退让一步。拆穿了说，就是要求表现最好如濑越，这几年中连胜秀哉的成绩都要假装没有发生了。

为了日本棋界发展，濑越作了让步。

棋院成立后，新出台的棋份将所属棋士对秀哉的棋份凭空降了一格。原来濑越对秀哉的棋份是先相先，且受先还赢了一盘，但新规则一套，则变成了先二先。

是从这里开始，一批喜欢围棋的大佬对濑越老师留下了深刻印象。也是从这里开始，濑越成为大财阀大仓在日本棋界最信任的人。

濑越宪作决定为了棋道接吴清源来日本。

为此，他先后拜访了两个人。

第一位是东京信浓町犬养毅。犬养毅是在1890年的第一次总选举中当选后，一直活跃在政治舞台上的一位大人物，也是第29任首相。

当时，濑越老师与好友岩佐七段一起拜访，告知发现天才少年，拜托犬养支持。

犬养问：如果这位少年真像你说的这么厉害，来日之后夺了名人位，你们怎么办？

濑越答：这就是我邀请他来的目的。

犬养感动，答应立刻写信给芳泽公使。他提出新的问题，接这样的天才来日本下棋，谁来赞助？

这段对话，拍影视剧《吴清源》时，我们有推荐却并没有被采纳。角度不同，每个人被触动的点就会不同。

被问住的濑越老师一转身就去拜访了第二位重要人物——大财阀大仓喜七郎。大仓说，棋的部分完全信任濑越老师您的眼光。经济上，您看每月 200 日元，先赞助两年时间如何？

当时日本大学生毕业后的薪水大约是每月 60 日元。濑越老师来时路上想着，如果每月能筹到 100 日元就很好了。

这两次拜访，解决了吴清源赴日的根本问题。

当时，中国排日情绪正浓，日本本土对立情绪也甚嚣尘上。那时濑越并没有想到，如此艰难的气氛下，他凭单纯的动机执着地努力，不但重新划分了世界围棋未来一百年的版图，也造就了日本围棋界一个伟大的门派——濑越一门。

很多伟大的事业都从单纯的动机开始。于山崎是，于濑越更是。半年多的时间，东京濑越与北京山崎通信 50 多封。濑越老师唯一有保留的是，他坚持不肯收吴清源做弟子。

北京的芳泽谦吉公使接到岳父犬养毅的来信后，立即去往山崎有民的住处找他，不巧山崎外出。他又找到北京南满铁路公所的小平所长，托付小平所长说，自己非棋界人士，所以吴清源赴日一事，想拜托于他。这位小平所长也是山崎的棋友，他旋即去吴家进行了说服工作。吴清源的母亲开始意识到，去日本或许是一条出路，而且是可实现的出路。

关于吴清源留学一事，中国棋界商定，由杨子安作为吴清源义父，出面和接洽，这样面子上好看。当时，杨子安刚卸任北京政府的国务院参议，他对吴清源留学一事态度比较消极。也许是因为吴清源身体虚弱，也许是当时中日交恶的时代背景，更也许兼有，他向日方提出：清源年纪还小，体质亦非健壮，因此再等两年，等他完成了象韶之仪（少年满15岁时举行的成人仪式）后再去。东京的濑越老师听说后，误以为是结婚仪式，十分担忧，怕吴清源留学的事情要黄，立刻写信向山崎有民打听。

其时，北京吴家周围反对声一片。

既然吴清源有这个才能，为什么要去日本？在中国不是也挺好的吗？能代表中国人就可以了嘛。再说中日关系紧张，日本人会让吴清源去学棋吗？会对他好吗？

困境中的山崎知道，如果没有强有力的人物支持，濑越接吴清源赴日之事最终会拖到不了了之。于是，他去找了对近代中国围棋扶持最多、影响力最大，下野在天津的段祺瑞。不出所料，段祺瑞明确反对，除非，他说，濑越先生答应做吴清源的老师。我知道濑越先生的为人，请他做老师是最合适不过了。

1919 年，年轻的濑越来中国游历，应段祺瑞邀请，临时教习当时国内最好的一批棋手。中途濑越老师接到母亲病危的电报，虽痛彻心扉，仍守诺坚持教完两个月。其实论棋界的名分，本因坊秀哉在濑越之上，但秀哉在中国的名声却不大好。1919 年秀哉访华时，哪怕是和中国棋手下让子指导棋，也坚持要用日本规则，而濑越则很随和，不仅棋规上入乡随俗，还常常穿着段祺瑞送他的长袍马褂出入总理府。

山崎有民选濑越而非本因坊秀哉寄棋谱，是对两位大师人品本能上的判断。从段府出来之后，山崎给濑越的信里开始不断地强调请他做吴清源的老师，不管濑越如何拒绝，他都坚定地要求。

濑越说，在日本围棋界，棋艺上我是真没有资格做吴清源的老师。

山崎说，能让段总理改变态度，就是因为请您做吴清源的老师呀！北京大多数人都反对吴清源去日本，现在的状况是，您再推辞，清源可就真的去不成了。

很长一段时间后，山崎才收到濑越老师的回信：清源入门下。不过说清楚，他的厉害，不是我教出来的。

促成这一段师生关系，山崎终于睡了一个好觉。

吴清源如愿入濑越老师门下，政治上得到了犬养毅的支持，经济上有大仓喜七郎的后援，另外，一直跟濑越关系很好的政治家望月圭介、牧野伸显等人也表示支持。看来，一切难题都解决了。

濑越在日本棋院的杂志《棋道》上，发表了《中国围棋界的现状——令人称奇的天才少年登场》一文，向日本的围棋爱好者郑重推荐了吴清源。同期的杂志上还登载了吴清源的来信《后生吴泉敬奉书》。没想到这一皆大欢喜的事情还引出了一段故事。当时，濑越发文中附了一张中国棋界的排名表。表中排名分为九品（以当时中国的棋力来划分），最高的九品是吴清源，八品是刘棣怀，七品是顾水如、汪云峰、雷溥华。濑越是从棋谱以及与日本棋手对局的成绩来推断的，觉得比较客观。随后却收到了顾水如写去的抗议信，说这个排名不准。濑越收信后表示了歉意，并将顾水如的信全文发表。

回过头去看历史，总能一笑了之。放自身到那个当下，觉得谁都不易，尤其濑越老师的谦逊，令人有高山仰止之感。

在各界老师、政要为吴清源留学之事奔走之时，吴清源除了每天坐在棋盘前研究以外，开始定期去山崎家向他的夫人学习日语。留学之事定下来后，吴清源收到濑越老师寄来的一封正式邀请函。那封信被镶入镜框，珍藏至今。吴清源在他的自传《以文会友》中写道：

他以出色的文笔，写出了一篇显示执笔人的教养和见识的名文，令人难以想象是出自一个棋士之手，译为现代语，文章如下。

谨启，前几日，通过山崎氏收到了你的来函，谢谢！我虽未有与你直接见面的机会，但过去从岩本氏那里，听说你年纪虽幼但棋力高强。这次我又看了你与井上氏对弈的三局棋谱，更加敬服你的非凡器量。若是敝人的健康与时间容许的话，我真想去拜访贵地，与你切磋棋艺，然而情况多半不允许，我深感遗憾。

我急切地盼望你身体强健，在完成大礼后，来日本留学，从而共同不断地研究棋艺，并愿你将来能够成为"名人"。拙著一、二册已经寄到了山崎氏那里，在你来日之前若肯为我研究一下，我将感到十分荣幸。你和刘氏下的两局棋谱，加上我的愚鲁评论，已经登在了《棋道》六月号上，综述贵国棋界现状的文章，也冒昧同时登出，务必请你谅解。

搁笔之时，谨拜托你向贵国的棋伯诸贤们转达我的问候，遥祝贵体康健！

敬具

五月十六日

1928年9月，遵师命，濑越老师的弟子桥本宇太郎来北京考察吴清源的棋力。

其实，以吴清源赴日一事为由，北京方面邀请濑越做为时一周的访问，提出除旅费外，另奉1000大洋谢礼。这是一件好事，体现了大佬们的心情，虽不赞成吴清源赴日，但既然惊动了双方的大人物，对日本方面的好意，也要表表北京方面的好意。

濑越老师却想得更深远。

当时，濑越是七段，而吴清源无段。这样，两个人对局时的手合，应该是让三子。濑越自思让三子自己绝无胜的可能，即便是让二子也无胜算。从日本来的七段大高手若脆败，很多人会怀疑吴清源留学日本的意义。濑越深恐磨损了吴清源赴日留学的决心，于是，以自己身体不适为由，谢绝了邀请，派弟子桥本代替自己赴北京和吴清源下棋，借此考察他的棋力和人品。

在濑越老师的回忆录《围棋一路》中,他写道,老实说,吴清源(的棋力)是如此地令我感到恐惧。

桥本宇太郎当时正准备赴美旅行,接师命后,立刻改变计划,转而渡海来到北京。9月4日,在监护人杨子安家中,桥本宇太郎和吴清源下了一盘测试棋。这盘棋下了两天,总共花了九个半小时。吴清源执黑先行,下到第66手时封盘。第二天转到山崎家继续。对局共进行了264手,吴清源胜6目。

9月8日,在一个围棋会上,两个人又下了一盘棋。一番大战之后,吴清源赢4目。

这两盘棋,桥本不拘泥胜败,下得非常灵活,似乎其目的就是要测试吴清源的棋力。对局中,吴清源落子后,桥本总是要嘟囔一声"佩服"。在不停的"佩服"声中结束了对局,桥本的感想是,吴清源已经没有必要向任何人学了,他只要沿着自己的棋路走下去就足够。桥本带着棋谱先行回日本,向濑越老师汇报。由此,吴清源在日本围棋爱好者中名声大振。

差不多就在同时,李律阁、李择一兄弟俩请来梅兰芳,把吴清源介绍给他。当时,梅兰芳已经是名满全中国的京剧名角了。近三十年后,1956年,梅兰芳受周恩来之托看望吴清源，两人在东京重逢。重逢之时，吴清源还记得第一次见面，梅兰芳勉励他去了日本好好学习，早日成才。

虽然一片迷茫，吴清源的母亲张舒文还是下了"寻找新天地，开辟新生活"的决心。促使她痛下决心的，是吴家在北京的生活一直相当拮据。她开始戒鸦片，处理仅剩的一点家产。吴清源的二哥吴炎托付到舅舅家，留在北京继续求学，三个妹妹也都分别托付给亲戚。母亲张舒文盘算着，在日本安定之后再来接他们。一切就绪，就等着出发了。

1928 年 10 月 18 日，由母亲张舒文和长兄吴浣相伴，吴清源启程东渡。送别时，杨子安嘱咐道："你是代表中国去日本学习的，在那里一定要努力学习，为中国人争光。"

他总是坚持这不过是个两年之约，劝他们两年以后就回中国来。

从北京出发去天津。正逢枯水季节，他们要搭乘的大阪商船"长安丸"号靠不上天津的码头，只能先乘汽船，到下游的塘沽，才登上了等候在那里的长安丸号。山崎为了让吴家安心，特地陪他们一起前往，已经辞去北京公职的芳泽也同行。在船上，他们向吴家详细地介绍了日本的风土人情和棋界现况。

长安丸号离开渤海，横跨黄海，向日本驶去。船在波浪里起起伏伏。站在船首，海风拂面，望向海天一线的远方，吴清源想起了母亲前些年做扶乩时得到的预言——山穷水尽疑无路，风送帆来又一天。

他对未来没有担心，只有憧憬和希望。去日本后，可以和许许多多的高手对局，仅这一点，就足以令他兴奋和期待了。

那一年，吴少年14岁。

得知吴清源已经登船启程前来日本的消息之后，濑越老师松了一口气。从最初打算邀请吴清源赴日到终于成行，前后历时近两年。

1997年，在东京信浓町吴老师的公寓，吴老师同乃伟研究完棋之后，和我聊起1928年赴日后濑越老师如何教他下棋。"濑越老师不特意教我下棋的。他主要是让我们在一起自由研究，摆棋。就像乃伟同我摆棋呀。他就和你一样，常常在一旁看着，同我们一起讨论棋。对了，还老是让那几位师兄带我出去玩儿。"

每每吴老师回想刚到日本的情景，记忆的重点一定是学棋。

瀬越老师对这位弟子从不提他来时路的艰辛。时间流逝，棋迷们对他当时起到的作用开始淡忘，慢慢也就不知道了。在瀬越老师那里学习棋，摆棋是重点。而对于吴清源，还有一个重点就是，身体要好。

在与乃伟研究棋的日子里，每每触到乃伟那时不能下比赛棋的话题，吴老师就会像瀬越老师当年一样说：身体要好。此后，这便成了师徒俩的暗号。当年他的师父瀬越宪作，历经波折把14岁的他接到日本，一见之下，这么瘦的孩子一摆棋就不动地方，首先担心的就是他的身体。当时的比赛常常是两日或三日制，每方九到十个小时。瀬越老师深知下棋消耗体力的厉害，对吴清源叮嘱最多的就是，身体要好！

这是吴老师对瀬越老师记忆特别深刻的事情。因为用功这件事，吴老师不需要瀬越老师操心呀！

后来，吴老师收了弟子林海峰，他身材魁梧，用不上这句话。再后来，乃伟来了，这句话就可以常常出现了。

四

1928年10月23日，吴清源乘坐的长安丸号抵达神户港。

甫一下船，候在港口已久的日本《时事新报》记者告诉吴清源一行，他们已与日本棋院签约，独家报道接下来的比赛。当时，报纸上醒目的头条是《麒麟儿吴清源来了》《绝代的大天才》。

抵日之后，围绕吴清源展开的第一场战争不是下棋，而是如何定段。

濑越一门坚持定高，本因坊秀哉一门则要求定低。当时，日本高段位的棋手少而又少，因为段位与收入密切挂钩，所以棋手段位的分量也远大于现在。为此，日本棋院召开了审查会议，与会者有秀哉、岩佐銈、铃木为次郎、濑越宪作、加藤信、小野田千代太郎、岩本薰等。

这些日本近代围棋界的精英，围绕吴清源定段开了整整一天会。

按照吴清源对井上孝平五局、对桥本宇太郎两局的战绩，授予他的段位应该在三段或四段。但审查会上很多人认为只能授二段，加藤的意见更极端，力主初段，理由是吴清源刚进日本棋院，必须从头开始。然而一贯和为贵的濑越宪作这次一反常态地强硬，不是说吴清源现在无段吗？很简单，当年方圆社对没有段位的铃木为次郎、久保松胜喜代就曾采取授三段格（假定三段），然后下考试棋的办法。（结果这三个人都下得很好，因此直接获得了三段）

那么，由谁出面考呢？

吴清源来日前后，有人说，桥本宇太郎和吴清源的两盘棋只是同门间的考核，言外之意是桥本有放水的嫌疑。因此，此次大家心照不宣，都觉得要由其他门派来考核。

对此，濑越恢复他的超然，谁考都行。

最后，由日本棋院赞助商大仓喜七郎选出考核人选，第一局上场的是当年秋季大手合的优胜者篠原正美四段。第二位出场者完全出人意料，本因坊秀哉自告奋勇上场——促成传奇的，永远是命运。新闻界为此更雀跃了。第三局是本因坊门下悍将村岛义胜（后改名村岛谊纪）四段，当年升段赛的第二名。三名棋手中，反对派本因坊家族争取到两名。

没有人知道濑越接了刚下船的吴清源，第一件事就是和他下了一盘让二子的指导棋。这盘没有载入日本棋院资料库的试验棋是大哥吴浣做的记录，直到台湾做《吴清源全集》时才公之于众。整盘棋下到第113手就暂停了，黑棋优势。

从棋谱来看，吴清源的黑棋不拘一格且进退自如，还有一些前人没有下过的灵活漂亮的手法。

晚年，吴老师同我们说起这局入门棋。

"濑越老师下得放松，下得认真。"

"濑越老师说，好，以后就这样努力去下。"

"濑越老师他老人家最关心的就是我的身体。"

"濑越老师他老人家吃饭都看着我，我什么都吃，就是瘦。"

很快濑越老师就发现，这个瘦弱的孩子不需要特别地陪护，他整天都在摆棋，因为摆棋的时候他最快乐。

考试棋第一局于当年的 12 月 1 日、3 日、7 日，整整下了三天。

对局被安排在棋院的女士室，这个整洁漂亮的房间平常都关着，为了这次比赛特别启用。当天，《时事新报》的报道标题为《来日第一战》。

对局手合为先相先，吴清源执黑先行，第三天在第 171 手时顺利拿下。

第二局，本因坊秀哉让吴清源二子。秀哉名人是日本棋界的最高权威。那些年，除了濑越之外的其他名人，像中川龟三郎等，从让先打到让两子下，他都能击败对方。按日本棋界规矩，在上手，尤其还是名人面前必须正坐（跪坐）。考虑到吴清源刚来，还不习惯正坐，所以允许他对局时盘腿坐，这是破例的。秀哉身材瘦小，但只要在盘前落座，立刻给对手体格魁伟之感，有很强的威慑力。对于从北京渡海而来的吴清源，因为陌生，这种威慑力反而起不到作用，他感觉不到害怕。

对局暂停时，以木谷实为首的很多年轻棋士都进到对局室里看棋。当时的中日围棋完全没有可比性，谁都认为秀哉会所向披靡。这样的氛围下，吴清源4目获胜，秀哉用时六小时五十三分，吴清源用时四小时十九分。

终局后，秀哉讲评说黑棋态势极其庄重坚实，成功地将优势保持到了最后。布局堂堂正正，始终未给白棋以可乘之机，此局可为二子局之快心杰作。

走出棋院已是万家灯火，师兄桥本宇太郎带吴清源去面馆吃饭。时光流逝，老年时的吴清源回忆这一天，说当时大家都认为黑2下在星位不好，尤其在对手太强时。而那一碗荞麦面是如此美味，令他终生不忘。

当天，《时事新报》将报道的标题改为《日中棋赛第一局》。

考试棋的第三局弈于 1929 年 1 月 20 日至 2 月 7 日间。对手村岛义胜正在当打之年，盘上争夺激烈。双方限时各八小时，黑棋用时六小时零五分，白棋用时七小时三十九分，吴清源执黑 5 目胜。这时，观战的人们已经觉得村岛输是理所当然的事，眼前的少年实在太厉害了。

就这样，吴清源以三段格的手合直下三局。这样的战绩，任谁都不敢再以"试验棋战"考核下去了，如若任其继续横扫，仅仅是"授予三段"都会成为笑话。三局考试棋后，日本棋院正式授予吴清源三段，从此，他将以三段的棋份参加比赛，并计算点数。棋院与报社原定的"八盘系列棋"报道更名为"日中棋战"，后期又冠以"吴少年出世棋"。

吴少年被接纳为日本棋界的一员，开始了他的职业生涯。

消息传到北京，最高兴的是山崎有民，他邀请很多棋友、吴家的亲戚及新闻记者等，开了一个祝贺会。

当时的名记者陈鸿声即席发表了一段著名的演说，他说："现在排日情绪高涨，很多国人都反感吴清源留学日本，我一向不喜欢日本人，也担心他们对吴清源的态度。但这次是我多虑了。围棋对增进中日两国的友好和维护世界和平是有积极意义和贡献的。"

一次，吴老师同乃伟的研究会结束之后，吴老师和我聊起当年，说那么多人帮他，都是相信他能在中日友好里做些事的。

他说："我一直记得，尽力去做。"

定段之后，棋院没有立刻让吴清源参加当时的"大手合"升段赛。耐不住的新闻界于是纷纷举办各种特别的对局。

《棋道》杂志操持了一场名为"越剑吴才"的比赛，意为越国的利剑与吴国的才子之间的较量。从1929年3月到1930年2月，跨度为一年的比赛共十局，参赛者均为年轻棋手，吴清源七胜三负。

1928年年末，《时事新报》策划了一场新年特别节目——少年吴清源挑战本因坊秀哉名人，棋谱刊登在那年的新年版上。这一盘棋令吴清源印象深刻。按规矩，当时吴清源和秀哉的手合是二三二（一盘二子、一盘三子，然后再二子），当两人正坐在棋盘前时，吴清源和考试棋一样，往盘上摆了两子，静候对局开始。

想不到的事情发生了，秀哉冷冷地说："三子！"语气斩钉截铁。

吴清源一抬头，目光被秀哉冷峻的眼神截住，他赶紧再摆上一子。

对局开始了，吴清源迟迟不敢落子。整盘棋在秀哉的威压之下，行棋拘谨，完全放不开手脚。到第三日，已经成为一盘难解的棋了。后来再看，让三子不过是秀哉的战术而已，既可以威慑对方，又可以在声誉上抢占高处，无论成败，这一手先声夺人都是有利可图。棋道上天才，人情上单纯的吴少年应声中招。

第二天打挂后，濑越老师严厉地呵斥弟子："三子棋要是输了，你就给我回中国去！"

这句狠话就此烙在了吴清源的身体里。从此，无论什么样的对手，他都用最直接的方法应对——殊死拼杀。

当年，濑越被政治家望月圭介带入东京方圆社学棋。半年多后，因征兵回乡，望月向方圆社社长请求说，既然濑越宪作的成绩不错，能否授予他三段，让他衣锦还乡？社长岩崎健造提出让濑越跟三段棋手下考试棋，如果能赢就授予他三段资格。这是很合理的建议，可是岩崎选出的对手是当时年轻人中最厉害的四段铃木为次郎，濑越别无选择，只能应战。试验棋共下六局，前五盘濑越三胜两负。最后一盘棋之前，望月跟他说："你要拼命下，赢了可以衣锦还乡。如果输了，就回去当一个普通老百姓吧！"

没有退路的濑越以死士的决心下完最后一盘棋，总成绩四胜二负，方圆社授予了他三段。

第三天，吴清源当回他只认棋盘不认人的吴少年，最后，黑胜11目。

在吴清源最初的职业生涯中，还有一盘棋占着重要的位置。

"来日第一战"的三局授段考试棋后，《时事新报》将剩下的五局棋更名为"吴少年出世棋"。就在第七局，吴清源遇上了强敌木谷实。木谷实外号"怪童丸"，早在院社对抗中一战成名。在北京时吴清源就学过木谷的棋谱，心里很佩服他。

大敌当前，吴清源花了很长一段时间闭门苦思应对之法。但无论怎么想，一般的手段都无法取胜，既如此，他突然想到，对啊，可以试试中国宋朝就有的"东坡棋"啊！东坡棋就是模仿棋。黑方第一手下天元，之后就开始模仿，白棋走哪里，黑棋也跟着下在盘上相应的点。因为黑棋起始就有一子高据天元之位，无论后面怎样模仿，总能立于不败之地。反之，白棋就要大伤脑筋了，一步不到，黑棋即会停止模仿，转头痛击。因为当时的对局不贴目，所以模仿棋是非常有力的战术。可是在当时的棋界，下模仿棋是棋手们想都不敢想的事情，认为那就是破坏规矩。

对局前两天，吴清源把这一想法告诉师兄。桥本个性跳脱，有童心，从不拘泥于各种条条框框，他对师弟的这一想法很是赞赏："这有意思，一定要试一试！"

吴清源真的试了。

他第一步下天元，然后，就跟着一手一手地模仿下去。

木谷先是大吃一惊，等到明白了对手在下模仿棋时，更是无所适从。他每步棋都长考，好不容易落下一子，吴清源只需要模仿他，所以完全不需要时间就应一手，于是木谷又陷入长考之中。

木谷是个直性子，面对一脸平静落子飞快的吴清源，他终于忍不住数次离开棋盘，向观战记者、主办方代表三谷水平抱怨，这样不停地模仿下去，棋还怎么下啊！你们应该想办法制止吴清源。

一旁的桥本宇太郎看着木谷诉苦，像恶作剧成功的孩童一样，眉飞色舞。

三谷水平是把考试棋从《报知新闻》夺来的记者，后来还策划了本因坊战。为了安抚失措的木谷，他真是费了不少劲。无功折返的木谷只能再回到棋盘前苦思破解之法。其

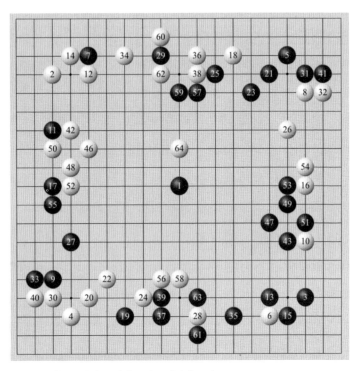

• 少年吴清源日本出世棋第七局，对战木谷实。

时，从未研究过模仿棋的他也就只能按照自己喜欢实地的棋风，在边角上行棋。直到空地都下完了，白棋第64手才转向中央。至此，吴清源的模仿棋作战都是成功的，黑棋形势不错。第65手，吴清源结束模仿，开始变化。

可惜，中盘吴清源下得不够紧凑，而终于摆脱被模仿困境的木谷愈战愈勇，第124手下出一步妙手奠定胜局，吴清源以 3 目败北。

此事，濑越只是淡淡地说："也许清源输棋是最好的结果，赢了并不见得是好事。"

如果下模仿棋的一方赢了，未来很多人都会跟着下，那么盘上的变化就会越来越少，棋的研究与创新之路也会变窄。尽管如此，濑越传递给吴清源的信息是，在棋上，要放开胆子去尝试。得到老师鼓励的吴清源，在棋盘上从此再无束缚。

多年后，吴老师这样阐述了他当时的想法："老子直接由天元布局，孔子则从角上开始行棋。老子的学说，其哲理宏大无边，很难为世人所理解。而孔子将人之求索之路深入浅出地组合起来，世人就很容易明白。但实际上，他们出发点是一致的，老子、孔子是一体的。所以，我认为人之道，和围棋探求自然之意是相同的。"

日本作家江崎诚致认为，老子、孔子的学说很早就传到了日本，但不会有人结合围棋来思考。而从老子和孔子家乡东渡而来的吴清源，在棋盘上追求自然的本意，也是很自然的事情。

由此，吴清源给规矩森严、死气沉沉的日本棋坛带来了新的思维方式。

濑越老师后来写道，他很佩服吴清源创新的热情和勇气。对于新的想法，他总会有试试看的态度，相对于日本众多被固化的条条框框限制住的棋手，这是很了不起的行为。而吴清源不愧是从中国来，有着宽广的思路和眼光。

这也是濑越老师了不起的地方。

桥本曾经说，作为学生，他常常觉得濑越老师不是在教自己，不是一板一眼用死的规则来指导，而是鼓励和扶持学生发挥出自己的潜能。老师经常主动听学生讲棋，全然没有当时日本棋界等级森严、只能下手听上手讲棋的规矩（即使现在也还留有这样的风气）。

濑越老师是围棋界最伟大的教育家。

模仿棋结束后，吴清源和木谷实复盘了很长时间，仔仔细细地探讨了棋局进程中的各种问题，得出的结论是，模仿棋黑下天元后，白棋要尽可能地早在中央落子，以限制黑棋的天元之子发挥作用。不然越往后棋盘越小，就更不容易打开局面了。

复完盘已是深夜，过了末班电车的时间，两人在棋院二楼的榻榻米上铺好被褥，并排躺了下来。黑暗中，木谷开口了："棋啊，永远也不会出现两局完全相同的形状，所以一定要努力去下好每一手棋。"在往后漫长的岁月里，吴清源一直清晰地记着这句话。

他们开始谈棋，谈志向，一直到东方发白。而这居然是吴清源赴日以来，两大伟大棋手间的第一次谈话。当时的日本棋界门派森严，大家关起门来研究的成果是绝不肯外传的。吴清源和木谷不是同门，却毫无保留地一起复盘、聊棋。在真正的棋手间，棋道超越世俗法则。

韩国棋手李昌镐也是这样的人。韩国棋界人所共知，就算明天你要和他比赛，今天他都会毫无保留地告诉你他对棋形的理解和判断。这可以说是濑越一门传承下来的宝贵财富。

木谷实比吴清源大五岁，是他最强劲的对手。赴日后的两年，木谷是吴清源难以逾越的山，哪怕执黑都很难赢。但无论输赢如何，离开棋盘他们就是挚友。棋技上自学成才的吴清源，因为木谷的见解受益匪浅。

从那一晚开始，他们之间的情谊维持了整整一生。

虽然登陆日本的前几局棋大获全胜，但在围棋如日中天的日本，吴清源进入职业棋手生涯的最初岁月是很辛苦的。每天持续不断地研究棋理，比赛又多，对瘦弱的身体是巨大考验。

但是他乐在棋中。

能够下棋而且还有很好的收入，母亲和哥哥也都很高兴。两年后，鉴于紧张的中日关系，濑越老师在东京西荻洼买下一块地盖了两处独立房子，让吴清源一家和自己住在一起，以便照顾。

颠沛流离的一家人，终于安定了下来。

1932 年，吴清源升五段，棋份一高，执白的对局大大增多。在没有贴目的情况下，执白后行者明显处于劣势。尤其在布局阶段，如果还按照大家习惯的小目布局，就很难抑制黑方的先手效率。

吴清源认为应该在布局阶段打破僵局。

研读日本古代名局时，吴清源发现自己喜欢的本因坊秀荣名人，执白时经常投子于星位。相对于小目，星的特点是速度快（一手即占据了角地）、重视势力（处于高位），对执白后行者来说，更有利于争取盘上的平衡。吴清源觉得"一手占据角地后，尽快向边上展开"的布局法特别适合自己，在比赛中他一再试验。1931 年，他还尝试着下过"三三"，其用意也是追求布局速度。

在当时，这些都是离经叛道的下法。

无论是书上的理论，还是职业棋手的训练，都认为不管执黑执白，先占小目再缔角（守角），然后向边上延伸，这就如同天高地远一样理所当然，本因坊一门甚至规定了三三

• 吴清源（坐于棋盘右侧）、木谷实（坐于棋盘左侧）、川端康成（后排右二）、木谷礼子（后排右一，木谷实之女）等在研究室研讨战局。

是禁手。所以，吴清源的这种尝试成了当时的大新闻。媒体常常用"来自中国的天才又有了新的下法""挑战传统"等来描述他。从外因看，是吴清源执白的机会多了，需要一些有力的下法来打开局面；从内因看，自由自在的吴清源认为围棋没有边界。

其时，《时事新闻》顺势推出了吴清源和木谷实两位最优秀青年才俊的十番棋对决。两位在棋道上寻求突破的年轻人，盘上比赛搏杀激烈，盘外研究热情高涨，故事远远超出了媒体预期。那是日本围棋史上革新的时代，吴清源不拘一格的围棋思想，以与木谷实的对局为契机，碰撞出了新布局的火花。

新布局一改日本三百余年的传统思维方式，惠泽后世棋坛八十年。

AlphaGo 问世后，棋手们惊讶地发现它直接采用了很多吴清源的下法，职业界恍然醒悟，无论从前对吴清源的评价如何之高，他的棋道思想，仍然是被低估了。

五

亦师亦友的日本佛教日莲宗朋友西园寺公毅先生是宗教领袖，也是超级棋迷。吴清源与木谷实两人经常在升段赛的傍晚 5 点打挂后，结伴到西园寺府上，讨论棋，研究新布局的下法。

西园寺总是很有兴趣地旁听。自然，他们也向他讨教宗教上的事。吴清源对宗教向往的种子就是在那时埋下的。两位不同门派的天才棋士相伴研讨，从棋院到西园寺府，从棋盘前到饭桌、禅堂。打破这个定式的是 1934 年 5 月，西园寺先生患癌症离世。

创立新布局下法之后，吴清源在棋界人气更盛，对局强度加大，日程繁密。加之失去了西园寺这位精神上导师般的朋友，吴清源变得很伤感，并且殃及了身体，甚至在10月1日升段赛前一晚出现了心灵学称为"接灵"的现象——医学上是半昏迷的状态。如果不是细心照料他的母亲在睡下之后，听到他去了卫生间却迟迟没有动静，出来查看发现他昏迷瘫坐在地上，后果不堪设想。

请来的医生看到吴清源牙关紧咬，面无表情，脉搏极弱，呼吸极浅，不知是何病因。而醒来之后集中精神向"神灵"请示的吴清源，得到内心的回答是："回天津，回天津。"

从时间次序来看，在南开大学读书的二哥吴炎几天前从国内寄来的《庸报》是契机。当时的报社李社长是宗教团体红卍字会的信徒，常常在报纸上发表有关红卍字会的文章，吴清源读了很有共鸣，接着就发生了"接灵"的事。

吴清源立刻决定在重要的围棋秋季升段赛里告假，随身只带了一个背包，买了三等舱船票，乘船回天津。

接受无神论教育长大的人们，也许难以理解虔诚信徒的行为。但不论理解与否，世人在遇到苦难时，总是特别容易去祈求神的帮助。而在有精神追求的人心目中，信仰与欲望是分开的，那是精神上的需求。遇到了自己认可的宗教，又有具体的指导者，吴清源觉得这就是重要的时刻。他也清楚地知道"和自身的欲望相纠结的信仰只是迷信"。

在天津的那段时间，已经从政坛引退的潘复先生对吴清源很是关照。潘先生是棋迷，对吴清源十分崇拜。吴清源从日本来得匆忙，连外套也没带，潘先生特地做了一件好外套送上。他还常常在府邸举办棋会，正是他的牵线，让吴清源与溥仪的外甥溥仲义有了一次让二子的对局，留下了清朝皇室成员的棋艺记录。

红卍字会有规定，要想成为修方（正式信徒），需要修行百天之后，由六位会内干部介绍才能入会。为了完成一百天的修行，吴清源每天中午去李社长那里听课，晚上十点半开始打坐修行。就这样，21 岁的吴清源在李社长的引导下，1935 年开始信仰红卍字会，道名吴弈灵。此后一生贯彻此信仰。1939 年天津遇到了大水灾，作为红卍字会筹建日本分会的主要人物之一，吴清源发起了募捐活动，并且把善款送到了灾区。

吴清源孤身回国，最不放心他的当属濑越老师，三番五次拍电报来催促他回日本。吴清源只得请求将为期一百天的修行缩短为六十天。六十天后，带着红卍字会希望能与教义类似的日本大本教联系的委托，吴清源与二哥吴炎启程乘船返回日本。

12月上旬登船，吴清源计划让二哥先回东京，自己则顺道去京都拜访大本教教主。然而船一到九州的下关，就接到濑越老师的电报，让他"立刻回东京"。想到15日在广岛有棋会，到时候还可以顺道去京都，于是吴清源遵师命直接赶回了东京。

幸好被濑越老师的电报截回东京。当时的日本军国主义盛行，许多宗教团体被官方宣布为邪教，宗教活动已不能正常开展。12月10日，警察搜查了大本教的本部，并逮捕了主要的负责人。

回到东京，进家门，放行李。母亲向外推他说："快快去隔壁向濑越老师报平安。"濑越老师这几天不停地派弟子来询问爱徒回来的确切时间。

回到东京后，等待吴清源的是一局接一局、一日复一日的比赛。

1939年9月，吴清源人生第一局擂争十番棋（棋力相当的双方以交手棋份为赌注，对弈十局。当一方多赢对手四局时，即宣告将对手降级。余下棋局是用原来的棋份继续还

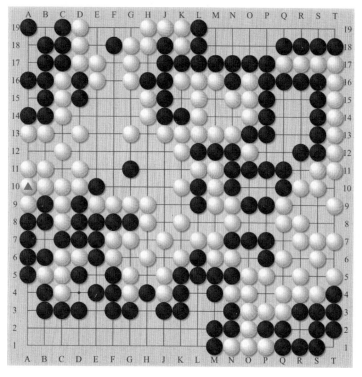

• 吴清源（白）对战木谷实（黑），升降十番棋第一局，白胜 2 目。

是用降级后的棋份进行，取决于双方的事先约定）在镰仓的
建长寺举行，对手是同样气势如虹的木谷实。自此，吴清源
拉开了持续十五年征战十番棋，将当时的日本棋坛核心木谷
实、桥本宇太郎、岩本薰等高手一一打降级的序幕。

　　第一局对木谷实胜利，吴清源收到了恐吓信，还有人往

他家里扔石头。濑越老师只能尽可能地保护吴清源一家。面对重重压力，濑越老师还是决定让清源继续对局，并且鼓励爱徒："作为棋士，为了下棋而丢了性命，也是死得其所。好好去拼吧！"

1940 年，战争的局势进一步恶化，东京的红卍字后援会也被迫解散。吴清源开始频繁出入教义与红卍字会接近的篁道大教（后改名为"玺宇"）。教主峰村教平正是后来吴清源和妻子中原和子的婚姻介绍人，也是和子的远亲。谁也不知道，命运此时已为吴清源日后跟随"玺光尊"悄悄埋下了伏笔。

身处已经开战的敌国，频遭威胁，获胜的消息传出，让关心吴清源的人振奋的同时也不免为他的安全担心。不少朋友劝吴清源回中国，他自己也十分犹豫。

让他最终做定决定的，又是山崎有民。

山崎劝说："你应该留在日本继续下棋，不要辜负了你的才能。回到中国你连职业都不保，只有继续下棋，才能帮助到家人，也能为日中和平做些事情。"

这话说得中肯。吴清源决定送家人回国，自己则留在日本继续职业棋手的生涯。母亲不放心儿子一个人留在日本生活，希望他能成婚。

1941 年初夏，吴清源与中原和子订婚。

8月，吴清源在大阪港目送母亲和两个妹妹登船远去。碧波里，巨轮渐渐缩小成黑影。一想到在战乱中她们即使回到中国也未必能安稳度日，吴清源感到万分难受。十三年前，他在母亲和长兄吴浣的陪伴下，横渡黄海，在神户港第一次踏上了日本这片土地。那一年他还只有 14 岁，对未来没有担心只有憧憬。

命运翻云覆雨，人生终归要往前。

1942 年 2 月 7 日，吴清源与和子举行了婚礼。就在这个月，他与雁金准一八段的擂争十番棋进入第四局。雁金老师在日本棋品与人品口碑俱佳，原定是本因坊一门的掌门传人，历次与秀哉对垒均有不俗表现，很多政治家大佬都是他的粉丝。这是吴清源婚后的第一场比赛，胜 3 目。至此，他人生的第二次擂争十番棋累计战绩三胜一败。

然而相对于比赛，信仰与和平才是吴清源此时心中最重要的事。局势越来越紧张，日本政府对来自中国的信件进行截留审查，为了寻找失去联系的中国红卍字会，吴清源再次返回中国，到红卍字会北京总院，请求世界红卍字会的大长老许兰洲先生派遣布道团去日本。

许老先生组织了扶乩来请示坛训。坛训曰：先去参拜天津的红卍字，再去济南道院请示。吴清源依训先去天津后去济南，历时近两月，得到坛训：目前的局势及中日关系恶化，宗教上的交流已经不可能了。

因为这段时间的奔波和不顺，吴清源常常生病，低烧不退。战争状况下的疲惫和危险，并没有阻挡住吴清源对信仰的追求和想以自己的力量来为中日和平出力的脚步。

而在重要的十番棋擂台上，吴清源却常常连准备的时间都没有，和雁金的十番棋第五局就是在此次他从中国回日本之后的第三天举行的。第五局结束，吴清源最终以四胜一败的战绩将"在野领袖"雁金八段逼入困境。后来，在各方大佬的斡旋之下，这届十番棋无限期休战。

一个夏日的午后，刚刚在窗口的棋盘前给乃伟复盘的师父，坐在那个很老的蓝色沙发上，端起师母送来的咖啡，很开心地和我聊起了往事。

我问他："与雁金八段对局期间，您放下这么重大的比赛去联系红卍字会与日本的交流，去忙棋以外的事情……"

师父："那一段时日完全没有在意比赛对局，心里最急的是中日间的战争，可能为和平出到力的事才是大事啊！"

1941 年，日本围棋界成立了"棋道报国会"，定期派遣棋士去与伤兵下棋。

1943 年夏天，棋院指派还没有参加过活动的吴清源随一众棋手前往位于釜石的制铁厂下棋。

1944 年春天，吴清源接到征兵令，结果因身体太差而免于兵役。这一年，日本在太平洋战争中陷入苦战，他又将最小的妹妹送回了中国。所有的亲人都已经回国，只有他孤身一人留在日本。

身在日本的吴清源和普通民众一样，也深受战乱之苦。苦难越深，对和平的渴望就越深。他在随笔集《莫愁》中写道：

现在南京正陷在兵火包围之中，预料接下来恐怕就要遇上不得不面对的命运了。我想，在宋美龄等女士的心中恐怕想到的就是这种"白云飞去青山在"的心境吧？真是令人哀伤不已。

此刻，窗下的孩童们正在为了达成幻想的东洋和平而高声唱着雄壮的军歌。听到军歌的我，心中则是想着，如果真是要达成东洋和平，希望就能从东洋未来的全局来着眼，赶快进入收拾盘面的阶段。这也许是我一介小民的陋见，或像搞不清楚状况的老奶奶一样之过分操心。因为有心的中日政治家们，应该已经看透大局的趋势而确实地往着终盘实利的方向运作了吧？我真心希望一定要如此进行下去。

这年的冬天异常寒冷，美军的轰炸机时常低空掠过。到第二年春天，东京已经陷入被频繁轰炸期。这时，峰村先生正卧病在床，空袭一来，总被吓得惊慌失措。反倒是一位从蒲田来的名叫长冈良子的女士显得很镇定。

1945 年 5 月 25 日，东京大空袭，美军投下的燃烧弹将东京木质结构的房屋变成一片火海。长冈女士招呼大家抬着教主峰村，决定逆风冲出火墙。在一片混乱如地狱般的火海中，玺宇全员齐心协力脱险了。从那之后，长冈良子树立了很高威信。不久后，她甚至宣称自己是神，名为"玺光尊"。

一夜之间，吴清源夫妇和周围的很多人一样变得一无所有，他们开始了此后两年跟随玺光尊颠沛流离的日子。

在那些日子里，一切私生活都是被禁止的。信徒被容许做的只有念诵《观音经》和《般若心经》。吴清源国学底子深厚，常常给来参拜的人解读教义。也正是因为有着中国传统文化的深厚底子，他常常思考玺光尊的做法与教义的解释差异太大。那时信徒的食宿安排常常要靠吴清源依靠名气去化缘，玺光尊牢牢地把年轻单纯的吴夫人和子掌握在身边，不让他们夫妻接触。吴清源只能唯玺光尊之命行事，甚至因找不到落脚的房子而想到轻生。

1945 年 8 月，日本宣布投降。战争终于结束，可阴云并没有很快散去，家园已无寸土，谁也不知道明天会如何。

曾经的天才棋士吴清源已远离棋界，比赛更是别想。

棋界没有忘记吴清源。

战后，读卖新闻社想恢复十番棋赛事，同吴清源商谈，却没有结果。当时的吴清源似乎已经失去个人意志，一切全以玺光尊之意行事。1946 年 7 月，读卖新闻社又派文化部长原先生去与玺光尊交涉，想让她同意吴清源重返棋坛，与同门师兄桥本宇太郎八段进行擂争十番棋对局。当长原先生提到，如果吴清源参加比赛，不但影响力很大，而且还有丰厚的对局酬金时，玺光尊立刻就答应了，决定派吴清源以"玺宇信徒"的名义出战。她想名利双收。

两年没有摸棋的吴清源战后首度执棋。

第一局安排在 8 月下旬，吴清源执黑先行，结果一败涂地。

三天后进行第二局，吴清源在最后反败为胜，小胜 1 目。自此，他开始恢复功力，接着连胜三局，又在第八局时以六胜两败的战绩将桥本降级，最终十战六胜三败一和。

　　尽管思想上觉得玺光尊走向了个人神化，有违自己的信仰，但吴清源还是上缴了下棋得来的所有报酬。在外人看来，玺光尊只是一个自我尊大、用解释教义来迷惑信徒的"邪教"教主，难道吴清源连这点都认识不到吗？这个疑问直击本质，吴清源当时确实认识不到。而对于大众来说，如果吴清源信仰的是基督教、佛教等人们熟悉的宗教，恐怕就不会有这样的质疑了。

　　世上有许多谎言，当谎言变大、变成令人眼花缭乱的口号时，很容易让人深陷其中不能自拔。好在智者的觉醒是必然的事。吴清源很晚才脱离玺宇，那是因为他背负了一众信徒的生活来源，也是因为妻子和子还在玺宇。围棋界的"神"内心善良柔软，为他的家和伙伴拼尽全力。

　　直到和子慢慢醒悟，1948 年底被玺光尊逐出玺宇，他们才重获新生。无家可归的夫妻俩一贫如洗，还背负着十番棋的高额税金债务，生活却渐渐拨云见日，柳暗花明。而这时，吴清源与岩本薰的十番棋已经将对方降了级。

师父的棋常常让我联想到黄河流经我的家乡晋陕大峡谷时的情形，河水随着山势跌宕起伏，回肠荡气。是要怎样强大的内心才能让一位棋手在人生各个阶段都表现得这么专注、热情洋溢，让围棋呈现出前所未有的精彩？后来，他在自己的回忆录里说："因为信仰红卍字会，所以并不拘泥于民族、国界，能够一直保持平和的心态。"

围棋之外，师父最喜欢做的事是读书，除了中国古籍，也研习宗教类书籍。他从小就熟读四书五经，将从先哲们那里汲取的养分应用到棋上，生成了棋才的一部分。什么是宗教，什么是信仰，作为无神论者的我很难说得明白。对于无限的人生，这样的发问常常是无解的。棋手面对浩渺无尽的棋局变化尚且会感受到自己的渺小与卑微，更何况推及人生？天才有如师父，会更敏感也更早地思考这些问题的吧。

也许是靠着从小吸取的中国传统文化精髓，靠着内心深处的信仰，尽管身处险境、困境，尽管吃不饱肚子，尽管无处安身，但只要面对棋盘，他就还是那位一心求道的大棋士。又或者，卓越与否早已不在他的考虑范围之内，他只是在修行，在棋盘上，在生活中。

六

2000 年春，东京世田谷区日本棋院附近酒店，第十三届富士通杯赛开幕式。

提早到达的韩国围棋领军人物曹薰铉没有想到宴会厅门口有人正等着他。

一位年过八旬的长者远远地向他伸出了右手，这可是不多见的事儿。曹薰铉快步向前，先鞠躬行礼，在伸出右手向前去握的同时，左手握住自己的右手腕处。这是握手时最谦恭的礼节。

长者是他的师兄吴清源。

"好久不见！"双方都出自濑越宪作老师门下，只是曹薰铉入门时，濑越老师年事已高，吴清源曾经代师授艺。

吴清源老师握着曹薰铉的手接着说："非常感谢对乃伟的多方关照。阿里嘎多。"说着再次用力紧紧握着曹薰铉的手。

曹薰铉脸都红了，行礼说："我没有做什么，芮厉害。"

乃伟年初连过韩国强手，从当时称霸世界围棋的曹李师徒手里抢到了韩国最为传统的头衔"国手"。

乃伟得冠军，师父吴清源最开心。师父说："芮桑来东京

• 1996年，第九届富士通杯，吴清源夫妇与曹薰铉（左二）、车敏洙（左
  一）、江铸久（右一）留影。

说了很多次，在韩国你常常给她复盘，教她很多，谢谢！"
他又高兴地握着乃伟的手，好像师母不知道似的对她说："真
好，真好。芮桑拿冠军了！"

　　师母在一旁补充说："知道你拿了冠军之后，吴老师这句
话逢人就说，已经说了很多很多遍啦。"

　　师父接着说："这下子更要好好地研究21世纪的围棋啦。"

　　此后再见到师父，摆棋时，他明显地更加严格了。师父
摆自己对新局面的思考，顺着他说会被责备，明显不动脑筋
嘛。他喜欢你来辩，提出自己的想法，你越是思考深入、越

是有同他不一样的招，他越是高兴。是以我们每次见师父都要先准备得充分一些，休息得好一些，不然面对师父不断涌现的参考图，没有见解那可是不行的。

乃伟曾写过有关同师父学棋的文章，其中写道：

最初是我一个人摆自己的棋给吴老师看，因为我的棋比较少，后来就把小林光一、赵治勋等棋手的最新棋谱带来给他看。吴老师不但对自己研究的东西特别清楚，更了不起的是，他在看新谱的一瞬间，就能作出判断。绝大多数时候，我都钦佩得五体投地，偶尔我也有自己的看法。我觉得吴老师对棋的敏锐，是我们无法达到的。后来人多了，大家都有棋要摆给吴老师看。这时我发现，吴老师骂我的棋最狠了，比如"这棋根本不行，在想什么呢""你的行棋方向完全反了"……可是吴老师给别人复盘时，口气可就缓和多了，对其他女棋手，说得就更柔和了，比如"请注意""这里可能亏了"等等。我从吴老师对我特别严厉的态度看出来，吴老师对我寄托了很大的希望。可能因为我是他拜过师的弟子，他对我更要严格要求。

有一段时间我特别苦闷，那就是在日本的后期和去美国的那段时间。不能下棋的痛苦一直有，绝望的时候就想自己还能坚持多久，我快要熬不下去了。跟吴老师学了那么多，可就是没有用武之地。没有实战，就不能被我消化吸收，不能成为我的东西。每到这个时候，吴老师总是安慰我："不要急，身体健康最重要。你现在多学点，到21世纪都会好起来的。"我当时还想，21世纪又怎么样？到了21世纪不能下棋还是不能下棋。谁知这竟给吴老师说中了，我后来去了韩国，终于下着了棋。

师父到底是师父！真是有先见之明，他并不只是为了安慰我，他是对棋界的未来充满信心。他觉得一切都会好起来，大家会更好地交流，共同努力，把围棋推向一个新的高度。我后来在韩国国手战中取得好成绩，吴老师特别高兴。我听人说，吴老师逢人就说这件事。

我常常想，乃伟能拜在师父门下学棋是运气。师父能看中乃伟，无论怎么说都是慧眼了，特别是在乃伟还不能下比赛棋的阶段。

师父曾写道：

我一直关注着我的祖国——中国围棋界的发展。当看到芮乃伟崭露头角时，我感到非常地高兴。数十年来我一直认为，女棋手如果能够取得出色战绩的话，对围棋在世界范围内的普及及推广会起到巨大的作用。这是我根据自己和妻子去美国普及围棋的经验而得出的。看了芮乃伟的对局谱，我觉得她身上具有在男子比赛中夺冠的资质。就是这个芮乃伟，1990年时突然来到了日本。林海峰（来自台湾，当时我唯一的弟子）家的研究会她每月去两次。我从海峰那儿听说她学习很用功。在日本，她不能加入职业棋士的组织，因而不能参加正式比赛，只能往返于棋士个人的研究会，或偶尔下一些表演性质的公开快棋。在这样的环境里一直下去，岂不是会让她的才华萎谢吗？我感到非常担忧。我多年来致力于研究21世纪的围棋，1992年新年，我们开始考虑拍成录像带讲座予以公开发表的计划。我对合作方提出的条件是：如果芮乃伟做我的助手，我就答应。但是计划是要拍百集以上的日语讲座，我们很担心她的日语水平能否胜任。那一天，寺本忍先生告诉我，芮乃伟已经答应了做我的助手。为此，她承诺为了能够胜任这一工作，她会拼命学习日语到3月底。听到这个消息，我放心了。

　　师父对年轻棋手的关心让我十分感动。从做录像带开始，师父就手把手地传授乃伟。师父认为乃伟的中盘很有力量，重要的是提高对局面的认识，具体到棋上就是布局要全面提高。最初他还常常同乃伟下快棋练习。两个都不太关心其他事情的人常常五个多小时持续摆棋，只有师母中途送茶点会打断片刻。有时候乃伟也会带着世界大赛、日本大赛的棋谱去摆给师父，当时的世界棋坛有韩国的曹李师徒、日本的六位"超一流"棋手等，引领者众多，棋的内容精彩纷呈，师父总是会很快找到自己认为的要点，敏锐地给出独到的意见。

可是，尽管有师父吴清源的亲身指点，但在乃伟面前仍有一个客观上的大问题，那就是当时没有正式的比赛可以下。围棋是需要在实战中检验、提高的，没有机会去比赛，许多下法就实践不了。有时候乃伟会把这些苦闷讲给师父听，师父总是微笑着听，然后说："不要担心下不了棋，身体要好，会有棋下的。重要的是多学点 21 世纪的下法，多了解、多研究。"

师父这么说，其实他心里也在替我们着急。

1992 年，第二届应氏杯将要举办。听到消息的师徒两人有了具体的目标。摆棋时，师父有时会说，这招就是小林桑来也不怕，这招武宫桑来也头痛，这招大竹桑对付不了……这样手把手的练习在乃伟不自知间就把她的境界拔高了。

师父教棋，一向如此。早年本因坊家族围攻他的时候，门下悍将前田陈尔就说过，输给吴先生通常等于输两盘，对局一盘，复盘一盘。（日本围棋文化的传统是大比赛一定有观战记者，他们的任务就是问清楚对局胜负，并将精彩处记录、发表出来。记者们都知道只要是吴清源的对局，料就特别足。）

就是在这一届应氏杯的半决赛上，乃伟先是执白以典型的师父所教布局战胜了大竹九段，接下来的决胜局，师父一直守在研究室，一直到棋局几乎没有机会了仍然在替乃伟找寻各种可能性。结束后，师父出研究室，竟忘了自己所住的房间所在。那次比赛，尽管最终乃伟惜败，但她创造了女子棋手在世界围棋大赛上的最好成绩。

1993 年 12 月，乃伟正式行拜师礼。仪式以师父的意见越简单越好。

日本著名作家江崎诚致先生曾对此事作了记录：

我也受邀请出席。说是仪式，却并不张扬，只是牛力力、张璇等几名在日本居住的中国棋手聚到一起，也就是说，是一些自己人来确认芮的拜师之事的简朴的仪式。新宿一家名为"ef"的法式餐厅，开始营业前将宽敞的大厅隔出

• 芮乃伟拜师当日留念。前排为吴清源夫妇和芮乃伟（右）；后排左起为马亚兰、张璇、林海峰夫妇、作家江崎诚致和牛力力。

一角来做会场，异国情调的布置，衬以柔和的灯光。正面的椅子上坐着吴清源夫妇，两边点起了红蜡烛，椅子前面的地毯上放了一个薄薄的坐垫，芮乃伟跪在上面磕了三个头。

看着这完全出乎我预想的拜师情景，那一瞬间，我感动不已。

中国是礼仪之邦。过去晋见皇帝时三跪九叩。这些现在已经淡薄了。但听说有些家庭问候长辈时的礼节仍保留着过去的形式。这次的入门仪式，恐怕也是由此而来的吧。烛台是林夫人亲手布置的。拜师时的讲话，吴九段只是略略应景而已，所以有人说只磕一个头就够了，也是林夫人进言说还是三叩比较好。

就这样，入门仪式举行了。但吴与芮之间并未交换一言，也就是说，芮一跪三叩之后，就结束了。真是简洁的仪式啊！

事实上，芮的入门，可以追溯到一年多以前。吴九段将他关于21世纪围棋的构思加以提炼，进行拍成录像带讲座的工作，芮乃伟一直是他的助手。他们的合作是如此协调、合拍，那一种师徒关系早就形成了。

1992年，也许是特别看中乃伟在吴老师身边直接聆听教诲，日本NHK的节目主管源川洋夫先生邀请乃伟在NHK的围棋节目里担任三个月的围棋讲师。这个节目在每个星期天的中午十二点播出，每次二十五分钟，之后是NHK杯的围棋比赛。在乃伟之前，在这个节目担任过讲师的女棋手只有小林千寿，其他的都是男棋手。而邀请一个外国人，而且还不是日本棋院的棋士，来担任一档在日本长期推广围棋文化的节目的讲师，就NHK电视台来讲是不容易的。

节目录制前，源川先生对乃伟说："你要做别人没有做过的节目，这也是我们请你的目的。"

这种讲座一般都是针对初学者的。此前乃伟其实没有系统地讲过棋，也不知该讲什么。她想，做初级讲座一来自己讲不好，二来很多人都可以做，如果要说特色，那就是各自的实战。乃伟是日本少数几个能够听到师父讲棋的人之一，而且听得很多，所以她决定结合实战，讲解吴老师的21世纪围棋思想。

　　把这个想法同师父一报告，师父很高兴地说："这下要好好准备了。"他说的准备就是看徒儿更多地摆棋，更加熟练地摆棋。

　　节目播出后，收到很多好评。

　　乃伟有时也有困惑，就像二间高挂之后脱先，那就像是尖冲无忧角了。很多职业棋手理解不了，因为那实地很亏。可是，接下来师父的许多下法，印证了这手棋可行，有我们理解不了的后续下法。如果不是 AlphaGo 的出现，还是会有职业棋手认为这手伟大的棋不像是好棋。

　　后来，乃伟写下了做节目的感想：

　　讲座全部用日语，拍摄得很顺利，助手是早稻田大学的教授白川正芳先生。我选了十三盘棋，大多是我跟吴老师学棋以后下的，这样可以用我的实战向大家介绍吴老师的围棋思想。棋选好以后，白川正芳先生先把它编成教材，登在NHK的围棋杂志上。讲座播出后，很多观众反映节目有新意，吴老师的最新围棋思想受到很大的欢迎。

还有吴老师文章里提到的录像带，作为吴老师助手，为业余高手制作的录像带每月出一盘，一直在延续中。后来还吸引了一些职业棋手。

当时王立诚九段正处于上升期，听了乃伟的叙述，说自己的布局不好，问能否去一起听听吴老师讲棋。他觉得吴老师的理论初看有些难以理解，可是结合自己棋的一些布局下法去看，特别有体会，一下子就把问题找到了。

后来，去吴老师家研究会的职业棋手越来越多。

1996年，日本棋院看上去不像是能让我和乃伟下比赛棋的样子，我们决定去美国。师父很是不舍，答应的临别书法迟迟不给我们写。我们告诉他老人家，韩国棋手车敏洙大哥在帮忙，也许以后能到韩国下职业棋。师父听闻，立刻写了色纸：美在其中。并嘱咐我们，以后比赛一定是有得下的，好好研究棋，锻炼身体。棋手有了下棋的环境，接下来努力研究，发挥自己就好了。

其实，师父在我们去美国的事儿上一直不放心：

• 1995 年左右，东京，师徒三人。

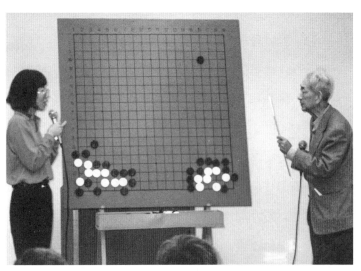

• 师徒齐上阵。

在日本她只能偶尔下下《围棋》月刊的连载对局，下不到职业比赛。1996年秋，乃伟下决心离开日本，随江铸久去美国，开创他们的新天地。失去了她这样的好助手，我感到很寂寞。但我更加担心美国这片新大陆会将她的才能埋没掉。

幸而，他们的转机来了。

韩国的车敏洙先生是他们的好友。车先生为江、芮夫妇叩开了能够使他们的才能得以充分发挥的韩国棋院的大门。

韩国棋士们以他们的胸襟及包容力证明了"围棋无国境"这句话。压倒多数的赞成票，决定了江、芮夫妇可以作为客座棋士进入韩国棋界。

从那之后，我和乃伟每年总要去两三次日本见师父，积极练棋。偶有懈怠时，就会想到已经八十高龄的师父每天都在用功研究棋。

师父常说："21世纪的棋会是不一样的棋，我们要加倍地用功研究才能来得及。"他如此说，也是这样做的。那时他已经八十岁高龄，仍旧每天研究棋6个小时——这是我们年轻时在国家队一天的训练量。

有一次乃伟收到一大篮新鲜的水果，给师父打电话没人接，就冒昧地直接去了师父家敲门。在日本，不经约定直接

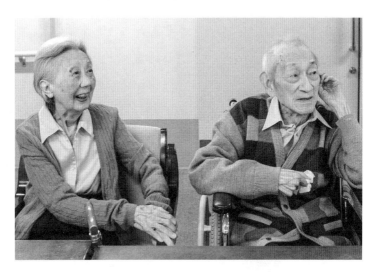

• 2012 年，去日本小田原养老院探望吴清源夫妇。下图左一为吴清源之女。
（组图，摄影 Dong Lin）

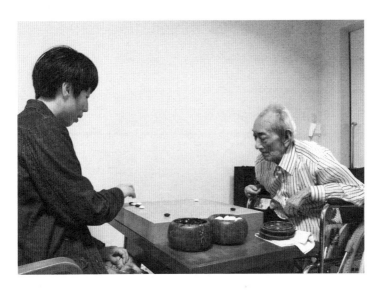

• 吴清源99岁生日，江铸久夫妇前去探望。每次见面，师徒俩第一件事都是摆棋。（组图）

上别人家是很失礼的事情。开门的正是师父，他见到乃伟，问："是约好的研究棋的日子吗？"

乃伟说："不是，送水果。"

师父说："噢，那快来看看这盘布局如何？"

二人立刻进入研究，直到师母来才发觉又到了吃晚饭的时间。

师父说："以后带东西来不重要，有空就来多摆摆棋，要研究 21 世纪的棋呀。"

我和乃伟何其幸运，人生中能有一段时间跟在师父身边聆听他的教诲。

这位在围棋界几乎神一样存在的老人，他教会我们的不仅仅是棋，他还让我们明白，不管明天会怎样，今天就是努力的日子，就要努力地去生活，去追求卓越。

● 林海峰

围棋大师，吴清源弟子。日本围
棋史上最年轻的"名人"，曾八
次获得名人头衔；日本天元战五
连霸，获"名誉天元"称号；48
岁获得富士通杯世界冠军。棋界
"常青树"。

师兄林海峰

一

2019 年，林海峰老师 77 岁。

4 月 5 日，日本寒食节这一天，他和武宫正树九段兴致勃勃地在中国山西介休的窑洞比赛，每方限时一小时的比赛，双方下了四小时。武宫九段执黑 185 小胜。

如果不是年岁沧桑，我会恍惚以为又回到双方全盛期的头衔战。

1988 年，日本首创富士通杯，全世界高手齐聚东京。当年杀入决赛的是武宫正树九段和林海峰九段，武宫九段获胜。次年，两人再次杀入决赛，武宫九段获胜。第三届林九段又如约杀至决赛，而武宫正树第一轮败于天才少年李昌镐。林九段对聂卫平九段，获胜，时年 48 岁。

年近半百，每每杀进决赛，还要拿世界冠军，林海峰靠的是他出了名的努力。每次比赛，用复盘来查漏解惑，已经是他保持了数十年的学习习惯，或者说，是他生活的一部分。如果复盘还不能解决问题，那就继续复盘，到天黑，再到天亮。

这手功夫，自然不是一天练成。

以前听金庸先生讲《射雕英雄传》，说郭靖本来是一个虚构人物，看到林海峰之后，就觉得特别地合，看来世上还是有这样的人物存在的。

林海峰排行第四，是家里的老小。4 岁时，因父亲林国珪的工作关系举家迁往台湾，不久其母过世。也是为打发时间，父亲开始和儿子们下棋，年长海峰十二岁的大儿子海涛很快就赶超了父亲，父亲也就笑着罢手。没了对手的林海涛开始教妹妹下棋，旁边守着小海峰。

故事写到这里，接下来的情节大同小异。海峰很快超过大七岁的姐姐，又很快超过大十二岁的哥哥。父亲发现小儿子学棋有点儿意思。

当时，台湾下棋的人少，水平又差，加上还是孩子的小海峰玩心正盛，只要赢过对手一次，也就不肯再下，放学回家一丢书包，人就找不到影了。勉强身体被父亲拉住，魂也是在屋外溜达，心不在焉地应付。

父亲不忍责骂从小失去母亲的孩子，于是说，你赢一盘棋我奖励一块钱。为了赢钱买自己喜欢的玩具，小小海峰开始主动下棋，有时还会追着多下一盘。而父亲则逐渐地调整着与孩子的手合，从让子一路退到被让子，增加海峰赢棋的难度。海峰从此下得认真，常常想完又盘算，十分把握才肯落子。

海峰 7 岁那年，林父辞去公职，同朋友一起做生意。开始的势头还不错，赚了些钱。紧接着就是投资渔业失利。台北市区住不下去了，全家搬到了北投。一年不到，因为父亲在台中找到了工作，再次搬家。孩童时期频繁搬家，如果不是扰乱孩子的注意力，就是增强他们抗干扰的能力。海峰沉浸在围棋的胜负里，赢了就让子，赢得多就让更多，总之，有人下棋就好。在台中上到小学三年级，哥哥海涛记得弟弟的水平是台湾三级，就是说比一般人厉害多了。

父亲觉得孩子是有围棋天分的，至于天分有多大，谁知道呢？只有尽可能地带海峰去台北会高手。当时的台湾局势不稳，下棋也并无前途，林父在家境一般、大局不稳的情形之下，带着孩子四处学棋，成就了林海峰。

1951 年 11 月 11 日，首次全台湾围棋比赛举行。两百多名参赛选手，9 岁的林海峰年纪最小，成绩却不俗，于是"围棋神童"的名号就此叫了出来。

　　紧接着，海峰开始被喜欢围棋的台湾大人物们关注。从政界名人周至柔到白崇禧，前者赴台中公干必找海峰下棋，后者则三不五时地询问近况。一些文化界名流，如陈雪屏从林海峰弈棋的神态联想到当年的北京少年吴清源，由此认定林海峰是继吴清源之后的又一位"围棋神童"。

　　盛名之下，林父对儿子的学棋督促更加紧了。可是下棋在台湾当不得饭吃，没有职业的老师和学习途径。林父在日本留学时，见过备受尊崇的日本职业棋界遍地都是"天才儿童"，他很困惑，自己的孩子是真有围棋天分，还是只是日本四处开花的"天才儿童"？只有业界权威才能判定。困惑中的林父收到了一个爆棚的好消息。

　　1952 年 8 月 1 日，吴清源九段飞抵台北。

　　赴机场迎接他的人有周至柔、白崇禧和 10 岁的林海峰。

　　台北对吴清源九段的欢迎会设在中山堂，是典型的中国传统形式——棋会。这次棋会规模之大，约有上千人。除了授予吴清源"大国手"称号，重头戏就是吴清源九段让林海峰六子对弈。

　　其实在吴清源赴台之前，台湾的几大高手就七嘴八舌地指导林海峰如何下六子棋，哪里知道这让子棋最怕人多嘴

• 1952年8月1日，吴清源夫妇（前排右一、右二）飞抵台北，10岁的林海峰、白崇禧（左一）、周至柔（林海峰身后）在机场迎接。

• 吴清源授六子。

杂，徒增精神负担。况且对面坐的是吴清源，即使下指导棋他也全力以赴，尽可能地把棋下复杂，直到把林海峰思路搅乱，以1目取胜。

这盘棋对海峰的打击不小，由此，他生出对围棋的敬畏之心，也首次体会自己未来的老师，吴清源的授业之道——直面围棋的残酷性，并将其转化为学棋的动力。

面对台湾各位大佬就林海峰"神童"属性迫不及待的询问，吴清源九段答："就孩子的天分和今天的情况来说，如果送到日本去学棋，做职业棋士，将来升到六七段没有问题。至于是否有更高的成就，那就得看他用功的程度了。"

这是一段相当诚恳的回答。

周至柔当即表示希望吴清源收林海峰为徒。吴清源没有立刻答复，只留下极具体的话：要送到日本学棋，越快越好。

林父对10岁的海峰赴日再无犹豫，周至柔指示部下协助，不到三个月一切手续办齐。留学日本的费用，白崇禧亲自出面筹款，临行时，他还亲赴机场送行。

这些殷切的爱护，给了林海峰机会，也塑造了他沉稳的性格。孩子在10岁就经历过大阵仗，知道要少说话多做事，而自己唯一能多做和做好的事，只有下棋。场合多大都不怵，人就变得沉稳有礼，心中有棋，格局就大了。

● 林海峰赴日前与白崇禧在松山机场合影。白崇禧赞誉林
  海峰为"十一岁神童"。

• 少年林海峰与朱润义（左二）等。

回看历史照片，海峰在机场初见师父吴清源还有着孩子的羞涩，再到机场与送别的各位大佬合影时，俨然是英才少年出征般的冷静。陪同前往的是林父的同乡，镇海人朱之信，海峰赴日后寄宿在其堂兄，旅日老华侨朱润义家中。

走出台湾的海峰小朋友似乎符合天才儿童成长的先期条件，但以他当时的棋力，还远远不能称之为天才儿童。非职业棋手不会懂得职业棋手当如何用功。即使是孩子，也需要先刻苦才能发挥出自己的潜能。而吴清源清楚地意识到，林海峰小朋友的用功程度是远远不够的。所以无论台湾政界给予如何的嘱托，他只有一句：尽早赴日。

回看这段历史，天才师徒的初次相逢，师父送上的是诚恳可行的方案。

1952年10月29日，从台北松山机场飞抵东京的林海峰，经吴清源老师推荐，参加了东京日本棋院为新旧理事长交替而举办的棋会活动。会上特别安排一位长期支持日本围棋的企业家，业余5段，野田酱油公司常务董事茂木房五郎让二子与台湾天才儿童林海峰对弈。茂木自是竭尽全力，海峰完全不适应，大败。这是10岁的林海峰当时的真实水平，业余2段左右。他前面的路很长。

学棋的地址在京都附近的吉田塾，自然是吴老师的推荐。吉田塾的创始人是日本棋界的重量级女棋手吉田操子，吉田操子过世后，由弟子藤田梧郎接手，是关西一带办得最好的道场。吴老师的意见是，一边学棋一边学日语，待棋艺精进之后，再到东京日本棋院发展。细心的师父没有让海峰进就近的关西棋院，当时的关西棋院，高手不多。

安定下来的海峰开始像久旱的海绵吸水一样地学习围棋。很容易就有强手坐在他的对面，哪怕最初语言上不能完全沟通，在棋上比画几下也就全明白了。生活上，朱家妈妈照顾得好，从小吃不太饱的海峰过上了规律的生活，加上有规律地学棋，他的棋艺开始扎扎实实地往上走。

朱润义先生去东京请教吴老师下一步该怎么办。

吴老师仔细听完，提出首选进东京日本棋院。于是，海峰从大阪中华学校再转到东京中华学校。在日本，想做职业棋手就要先做棋院院生，院生的入院要求是学生具备一定棋力，并有棋院的人介绍。介绍林海峰入院的，是当时如日中天的吴清源，一切都不是问题。

有问题的是海峰。

离开京都安宁有序的朱伯伯家，去到东京徐伯伯家。徐伯伯家开餐馆，夫妻俩齐上阵，连自己的四个孩子都是日本女佣带。吃住条件是好，精神上的爱护就有些顾不上了。身处异国他乡，对于一个 11 岁的孩童来说，自由未必是好事。那一段时间海峰玩了不少新鲜的东西，游水、撞球、桌球、日本将棋、与职员小赌棋等都有。

当时海峰的指导老师是梶原武雄、杉内雅男，对院生的要求很严格。某次，梶原老师让海峰复盘，指着海峰下得不好的棋说道："再这样下棋，不如回台湾去！"说着还用折扇敲打他的膝盖。

杉内老师是另一种严格，一次讲棋迟到，那就勒令你退堂。

围棋如果不大用功，一时半会儿还不明显。这一年里海峰的棋力没有预想的进步，他与同为院生的工藤纪夫去公园玩船，一起掉进水里。这样的玩法日语倒是彻底好了，棋却离得远了。一年下来，海峰棋力不过院生二级。

成名之后，回想那一段时期的状态，林老师说："围棋这一门，不管老师教得怎么好，或逼得怎么严，自己如果不求上进，是不会进步的。"

这条总结放之四海皆准。

1954 年 7 月，朱润义夫妇特地赴东京把海峰接回京都。不久收到父亲来信——"如果无意认真学棋，即刻返回台湾好了"。

这句话杀伤力极大。回去就意味着放弃围棋，放弃围棋于当时的林海峰，无异于放弃未来。痛定思痛，林海峰早上去学校，下午就去吉田塾研习棋艺。周末全天泡在棋馆，回家都会摆摆棋。朱伯伯一家都不太相信海峰在东京会是不用功的孩子。

半年之后，林海峰迎来了日本棋院关西本部的入段试验。

在日本，许许多多拿过头衔的大咖，被问到人生哪盘棋印象至深，通常都会说入段那一盘。因为入了段就是职业棋手，所有的比赛都可以参加，职业大门从此为你打开。

带着自发用功的动力，海峰顺利地通过了预选赛。正式比赛要下十盘棋。下到第八轮，最年幼的海峰六胜二败。接下来的第九轮，对手是大他五岁，被誉为"关西围棋神童"的早濑弘。早濑弘出身围棋世家，棋的才能也好，实力一直在海峰之上。关西地区的入段试验，历来只有一名棋手可以选拔入段。这场关乎入段名誉的决战，海峰败。

实战很检验人，特别是孩子，一不顺就会彻头彻尾地怀疑自己。这应该是海峰学棋以来被打击得最狠的一次。之前的用功、努力似乎瞬间变得毫无价值，运气也不好，才能可能也出了问题。别人会怎么看？该回台湾了。带着这样的痛，又找不到更好的办法。不可能得第一的第十盘棋，下与不下已经没有了意义，作为棋手又不得不出场。这样的过程，职业棋手都会经历。

指导院生的老师是濑川良雄，开赛前他把海峰找去："围棋生涯中，能不能入段，能不能升段，都还是小事。但下棋必须有始有终，输了不能气馁。""输棋气馁的人，赢棋必然骄狂放纵，都是要不得的。"

围棋就像模拟的人生，踏实地走好每一步，才会走得远，才会乐在棋中，才会将自己的才能完整地发挥出来。听完濑川老师训话，海峰觉得难受还在，但好些了，知道眼前的第十局得先好好下，也下出了好棋，赢得漂亮。

但第二名，在围棋上，很多时候就是失败。

小朋友还是难受，日子也还是要过。不过知道了难受也要好好地过，自己输的棋，还是要找自己的问题，谁让前面的日子不够用功呢。每天还是去大阪中华学校上学，放学后去吉田塾下棋用功，尽量不去想输棋的事。逃不掉，非要想，就继续用功下棋打谱。就算是大人决定要他回台湾，能做的也就是在走之前好好用功，读书下棋。

入不了段，要回台湾的悬念的确就在那里。

天才的人生总有传奇之处。

东京本院开林海峰这一期的入段审查会时，职业棋手，也是海峰的院生老师濑川良雄亲赴现场。他提出按照这一年关西入段比赛的质量来看，可以入段的绝不止一人，不能做埋没人才的事，恳请审查会各位老师再仔细查看棋谱，为了棋界的未来，打破陈例，放宽名额。

这是濑川老师带着自己的名誉，秉公恳请本部。老师的眼光自然是厉害的，一个月后，濑川带给林海峰小朋友入段的喜讯。

1955 年春，带着强烈进取心的林海峰正式踏入日本职业棋界。

二

以不满 13 岁的稚龄，少年林海峰创了当时日本最早入段的记录。

兴奋异常的台湾大佬们给海峰寄去各种礼物。京都的人们也视海峰为家乡出来的棋手，按照日本棋界不成文的规矩，见面改称"林老师"。

1955 年，林海峰在"大手合"升段赛上表现出色，最后一盘棋如果拿下，晋二段。这一盘棋对他来说，有很多意义：

一、力证关西分部濑川老师的力争有先见之明。

二、台湾方面大幅报道，不能辜负期许。

三、再创日本棋界晋段新纪录。

四、入段后六个月再升段，说明用功的方向是对的。

第四点对棋手尤为重要。它能告诉棋手，你此前努力的方法是对的。带着紧张兴奋的心情，海峰全力备战，下的每局棋都会寄给吴老师点评，然后总结。

赛前一周，大哥林海涛发来电报：父亲因心脏病突发去世。接到电报后，朱伯伯思虑再三，决定先瞒着海峰。直到大赛获胜，海峰兴高采烈地奔回住地向朱伯伯报喜，急着写信给台湾的父亲，告诉他自己赢了大他二十五岁的棋手冈谷三男三段，升二段。朱伯伯只能红着眼递过电报。后来，吉田塾的主持人藤田梧郎忆及此事，道："海峰接过电报，看一遍，像是没看清楚似的，再从头细看一遍。当他抬起头环看大人们凝重的脸色时，大约确定了电报上所言属实，一时间说不出话来，只是发呆。四岁丧母，如今又失去了挚爱的父亲，我们都想他哭出来吧，没有哭，忍着。小小年纪就不在人前流眼泪了。"

接下来的日子，朱伯伯看着海峰一切照旧，上学、去吉田塾研棋打谱。只是孩子气的笑容再也没有了，代之以成年人的发狠奋进。朱伯伯提醒他，该把升段的喜讯报告给台北的家人，让大哥和姐姐放心。从此，海峰以忍劲出名，除了棋，其他的事情都不太会计较了。

自 1952 年周至柔提议拜师至此，吴老师只应允关照，每遇海峰同棋有关的大事，朱伯伯都会请教老师，不管比赛多忙，老师总有恰到好处的建议过来。海峰回忆，在东京时，他曾带着工藤去仙石原的山区叨扰过吴老师。师母将两位小朋友安排在隔壁房间住下，隆冬时节，起夜时经过吴老师房间，窥见高僧一样的老师正在打坐，暖气全无，微弱灯光下，俨然是智者在思索，又像是对局中专注，如同仙人一般。海峰的睡意被兜头惊醒。当时的景象从此刻印在他身体里，每当下棋分心，老师在清冷光线中静坐的模样就会浮现，直视着他，令他顿时收心。

三年过去，父亲已经过世，海峰也用努力证明了自己的才能。朱伯伯觉得该是赴关东拜访吴清源老师，提议拜师的时候了。没想到打电话给吴老师之后，他很爽快地说不必拘礼，不日在关西有比赛，到时候来旅馆商量就好。听到消息，海峰心里有说不出的欢喜。在台湾时，对吴老师只是敬怀一个"了不起"的概念，到日本学棋之后，随着棋艺的每一步精进，日渐体会到老师棋艺的高超、人品的纯洁。日本棋界拜为内弟子，习惯如同中国的学徒制，徒弟在师父家是要干杂活的，擦地板就像每天的功课一样。可是在老师家，每次除了聊棋，就是摆棋，早已比日本的师徒更加亲切了。

拜这样一位艺冠棋界二十年的巨星为师，朱伯伯觉得自己责任重大。仪式一定要隆重，既不辜负过世好友，也要对得起台湾一众大佬的信任。怎么才是最好？心里没底，还是先听听吴先生的建议吧，反正是喜事嘛。可是见面礼之后，吴老师和海峰就开始聊棋。

见缝插针，朱伯伯问："商量下拜师典礼的细节吧？"

师父说："好啊，收下这位徒弟了。"

朱伯伯说："那尽快选个吉日，好筹备拜师仪式。"

师父："吉日？今天，就现在吧。"

朱伯伯惊呆了："那怎么好，都没有什么准备！"

师父："这孩子挺好的，收徒弟了。就鞠躬行礼吧。"

徒弟心里高兴，马上站起来鞠躬行礼，好像晚一步就不算数了似的。

朱伯伯终于回过神来，对海峰说："不行，这样不行的。我们中国人，要跪下磕头行礼才对。"

海峰随着朱伯伯的引导，正坐跪下叩头，再次行礼。

以上其实是我根据报道脑补的细节。这对围棋史上伟大的师徒，就是这样撞日，以极简单的方式完成了拜师礼。师父没有记住具体的日子，在他看来仪式不重要。弟子也没能记住日子，那是高兴得忘了。

师父的授课方式也是绝无仅有的。

吴老师住在仙石原的山区，他嘱咐徒儿将正式比赛中的棋谱邮寄给他，讲解之后，再寄回给海峰学习。这样，师父对棋道孜孜不倦的研习都变成力透纸背的解说来协助徒儿理解围棋，徒儿可以反反复复研读，琢磨，思考。加上比赛和近距离观摩的机会，海峰可以说进入了棋艺进步最好的环境。

围棋的学习，往往是一群职业棋手研讨数小时不如顶尖棋手讲十分钟。联想我自己在海峰这个年纪，走南闯北，与各地专业集训队、业余高手下棋。限于经济情况，坐夜车硬座、打地铺是常态，不觉苦。苦的是常常研究棋而不知其所以然。

苦思而不可得，那才叫苦。

20 世纪 80 年代初，"秀行军团"来访交流，对国家队的帮助就在于展示了高手的思路。吴清源老师 1985 年来访，带着自己研究的几本流行布局及棋局，现场讲解传授，极大地提高了当时国家队的眼界。现在回想，"秀行军团"来时，随团有许多优秀的年轻棋手。秀行老师会讲些棋，看些实战，接下来，就是应酬……据说吴老师当时也想多讲些棋，可是这样高规格的接待，花在应酬上的时间也就水涨船高。

而吴老师给海峰直接地讲棋，是一百多局。

每每脑补师徒讲棋的酣畅，会情不自禁地想，如果自己有这样的福分会怎样？近些年每听林老师和他夫人说起这段故事，林老师笑眯眯的眼神里透着幸福，我也是毫不掩饰地羡慕。体贴的林夫人总会补上一句："后来吴老师可是经常单独给芮桑摆棋啊！"

1993年底，乃伟的拜师仪式在新宿一家法式餐厅举行。之前的计划和仪式当时的进程，林师母都费了很多心，连烛台都是她亲手布置的。

从学棋开始，我们所仰望的围棋巨星中，最闪亮的除了吴清源老师，就是林海峰老师。无论是棋艺、战绩，还是人品，都令人无比地钦佩。后来，乃伟拜入吴清源老师门下。成为吴老师弟子的一个意外，是林老师变成了师兄！从这时候开始，感觉林老师、林师母对他们这个小师妹更照顾了。不过，从我们这边来说，林老师永远是老师，林师母永远是师母。

我常常想，濑越一门是在培养狮子，哪怕个性上看着不像，出来的精神、战绩，就是狮子的样子。一位是棋艺在巅峰状态，对徒儿倾囊相助的师父；一位是潜心吸收、刻苦钻研的后起之秀。据海峰回忆，老师讲棋时会非常注意每局棋的大势运行，对问题会反复强调，并提出努力的方向。哇，职业棋手的苦恼恰恰就在于对棋局百思却不得其解，而三年中，海峰被老师亲自批改的棋谱就有百局之多。这样的悉心指导让海峰的视野和格局几乎一天一个样，在技术上、精神上生生拔到一个全新的高度。

这样幸福的日子，是每一位职业棋手梦寐以求的际遇。

要说美中不足，年轻时的海峰在几次搬家过程中，遗落了这些珍贵的资料，让我们后辈少看了多少闪光的围棋文化。

林海峰不负众望，每年直线升段。

周至柔信守诺言，每升一段就邀请海峰回台湾庆功。旅费那么贵的年代，这个邀请是很鼓励孩子的。台湾的大人们开心啊，他们的天才儿童有不世出的名师调教，节节上升。

逼近四段时，待海峰如亲人的朱家举家迁往名古屋。在师父的建议下，16岁的海峰搬到了藤田梧郎老师的吉田道场家。虽说是以内弟子的名义收了海峰，藤田老师不但没让徒弟干过家务活，还常常创造机会让他更多地同高手交流。三年时间，海峰在棋院除了下棋就是打棒球，成为棋院棒球队的主力，直到1961年底离开，小小少年已经长成一位壮实的青年。

18岁这一年，刚刚成年的林海峰提出停止学业，更专注地学棋，遭到台湾方面的一致反对。停止学业学棋，莫非是脑子不够用？海峰恰好觉得是脑子够用，每天用来学棋的时间总是不够。好在师父支持他，直接向台湾方面说明停止学业并非停止文化的学习。藤田老师就更觉得不是问题，日本棋手很多都放弃了学业，但成为职业棋手之后仍然在学知识。

只是藤田老师没想到，令他头疼的问题很快来了。1960年的夏天，海峰提出来想搬到东京去住。理由很简单，东京棋手多。在状态良好、棋艺进步的时候提出改变的要求，是需要大勇气的。

为什么要改变？

不是棋手不能体会追求棋艺过程中那一层苦思不得与解决了难题之后豁然开朗的欣喜。随着段位成绩的提高，海峰常常要去东京比赛、观摩大赛。旁听及与同辈棋友讨论棋艺，当然是东京更好。再说，东京离师父更近啊。至于生活费高，无人照顾，在海峰看来都不是问题。在学棋的路上，能够对棋艺有帮助就已经足够幸运了，其他都不算问题。

师父认为去不去东京应该由海峰自己做主。台湾的亲友们并不理解，但他们支持。大佬们再次发挥了影响力，运作了大哥海涛的公司，1960年底，林海涛迁至东京。海峰不忍伤了藤田夫妇的好意，推迟一年，于1961年12月搬到东京。

同样的东京，全然不同的林海峰。

日本棋界的赛事多是由报社赞助，重要的比赛报纸一定会连载，写观战记的业余记者都是围棋高手。棋手对局之

• 林海峰（左二）与石田芳夫（左一）、武宫正树（右二）、加藤正夫（右一）研习。

后，有义务将棋局讲解给观战记者，记者也会问明白整个局势的来龙去脉。这些都给有心学习的海峰提供了很好的机会。每次大赛，他就像亲身参与一样，体会超级棋手的一举一动，揣摩高手下棋时的思考轨迹，用心听那些局后感想，然后回家摆棋消化。

学棋之余，海峰还参加了棋院组织的英语班及书道班。在棒球队，他也是受欢迎的队友，一米七五的个头，七十公斤的块头，为人却很谦和。木谷一门弟子中，大竹、武宫、石田、加藤都是热爱围棋的好友，大家一起玩儿。玩儿嘛，体育运动就是玩儿啦。一起吃饭聊棋，那也是玩儿啊。有时还会去辅导业余棋手，有了收入。这个大男孩儿，很快踏上了追求棋艺进步的大道。

1962 年 11 月，林海峰升至七段，全年战绩二十一胜七败，在日本棋院胜率排第一。那一年，也是师父吴清源横扫日本棋坛的尾声，他已经再也找不到能称之为对手的棋手。主办方《读卖新闻》宣布停止举办以吴清源为核心的十番棋比赛。

此时的林海峰，已经在无数次实战中总结出，除了充分发挥个性，下棋要想提高胜率，少失误是至关重要的一环。由此，他的棋风开始转变，由原来积极的攻杀战斗型，逐步转为重视防守和实地，尽量减少失误的棋风。经过一段时间的适应，转型之后的海峰胜率再次提高。

1963 年初，海峰闯入"围棋选手权战"决赛。对手为杉内雅男九段。第一局胜，第二、三局败。同年秋，打入"名人战"循环圈。接着，再入"本因坊战"循环圈。在本因坊战循环圈及决赛里，一待三十九年。这是另一项纪录。

本因坊战循环圈被誉为金交椅圈比赛。对局费高，向最高位冲击的选手以单循环的方式，逐一过阵。这些冲顶的高手，将实战锻炼最好的平台一下推到海峰面前。而林海峰，是闯入循环圈的最年轻棋手。

爱好者和评论家们很开心。

自吴清源九段 1961 年遭遇车祸以来，棋坛被坂田荣男九段制霸，新辈难见踪影。终于，吴清源的弟子来了。

第一年，海峰在最后一轮勉强保级成功。

第二年，势头极猛的林海峰在最后一轮遭遇藤泽朋斋九段，在这之前，他已经五胜一败，到了临门一脚的一刻。

一个月的时间准备赛事。越是去想，越是焦虑，越是觉得准备不充分。赛前三天，海峰觉得不能再这样下去，乘两小时火车去小田原见师父。他后来追述："我开门见山地向师父讨教破阵之策。师父问我有什么想法。我说，藤泽老师执白擅长下模仿棋，这次很可能再下吧。"

师父认为这个推测合理，每到重要比赛，藤泽老师屡屡祭出模仿棋。

师父说："藤泽老师的模仿棋之所以可怕，是因为他擅长中盘作战。每到黑棋露出破绽，便发动猛攻，极易见效。"说着，师父摆上了八年前与藤泽老师下的一盘模仿棋，并详细解说了棋局要领及体会。

因为早已做过一些准备，所以在师父示范时，海峰也能提出很多有技术含量的问题。

"从师父家告别出来，在回程火车上，心里轻松多了。经师父摆过棋后，不管藤泽老师下不下模仿棋，都觉得没有什么可担心的了。"

大赛如期举行。一直下到大雪崩定式，执黑的林海峰第67 手占天元，藤泽九段第 68 手想了 1 小时 19 分，直至下到第 73 手，都与八年前吴清源对藤泽一模一样。吴老师给大战前的徒儿摆出了棋局是一奇，藤泽九段按部就班不改一手的下法又是一奇，历史这一惊人的复制，成为棋界一大趣谈。

就这样，赛前无人预测到的局面出现了。

新人林海峰站在了棋界最高决战舞台，取得和名人头衔拥有者坂田荣男九段进行七番棋决战的资格。

荣耀的资格。

三

七番棋决赛赛前预测会，记者问"七冠王"坂田荣男九段，名人头衔是否会由此换代。

"你们可曾见过不到 40 岁拿名人的？！"坂田老师的回答是他一贯的标志性风格。

有人解读成傲慢，我觉得有失公允。大棋士都自信。从棋艺来说，那是坂田的全盛时期，全年只在头衔战里输两盘无关大局的棋；从经验来说，这样想合乎常情，坂田一直在备战用功，从无懈怠。

他常常感慨：可惜吴先生出了车祸。

那是苦于没有对手的豪气。

林海峰一路杀来虽是凶狠异常，但对垒他人尚且跌撞，何况终极对手是大坂田，他自己都不看好。

唯一的例外是师父吴清源。

仔细观看徒儿每盘每手的师父，想到了很多教授方法，但他却选择静观。有时候，棋手靠自己就闯过去了，但更多的时候会摔跤犯错，走弯路。师父要看徒儿怎么做。

名人七番棋大战，是长时间的比赛。

第一局是 1965 年 7 月 28 日，在东京"福田家"，一家经常举办重大比赛的旅馆。坐在棋盘前，消瘦的坂田燃烧自己，主动出击，不放过对手任何一手的破绽。为人的豪放与棋盘上的严谨一点都不矛盾，这是大棋士的风范。全程下来，每方十小时的用时，名人坂田用时不到一半，就已经优势在握。第二天的对局，坂田也毫不放松，对第 150 手就开始读秒的挑战者步步紧逼。从首局棋来看，双方完全不在一个级别，是棋界意料之中的胜利。

第二局的日程在八天之后。

林海峰初尝名人痛击，觉得坂田比赛前预测的还要厉害，简直是座翻不过去的大山。苦思不得要领，不甘心的海峰想到了师父，由此成就了师徒之间的一段佳话。

名人战两年后，海峰曾有一篇短文记述这段往事：

我见了吴老师，说明来意后，吴老师微笑着对我说："我已想到你会来看我，你此番迎战坂田，教给你三个字。"

接着，吴老师慢条斯理，用日语念出三个字：平常心。

这是日语中很浅显的一个词，意思一听就懂，但我却想不明白这三个字和棋道有何关联。

吴老师接着说："跟坂田下棋，你不要太过于患得患失，应该把心情放松。你今年不过二十二三岁，就有了这样的成就，老天爷对你已经很厚很厚了，你还急什么呢？不要怕输棋，只要懂得从失败中吸取教训，那么，输棋对你也是有好处的。今天失败一次，明天就多一分取胜把握，何必怕失败呢？和坂田九段这样的高手对弈，赢棋输棋对你都有好处，只看你是否懂得珍惜这份机缘。目前最重要的，是保持平常心，把胜负置之度外。最近这一阵子患得患失，把你的头都

• 林海峰（左）对战坂田荣男。

搞昏了！"

吴老师的话，真像给我当头泼下一盆冷水，我的神志陡然清醒，自己也觉得脑中灵光闪闪，智虑澄澈。

从小田原吴老师家告辞出来，我轻轻松松坐上火车回东京，又轻轻松松坐飞机飞往那霸，心不烦，意也不乱了。

对于师父吴清源来说，这番话是他在棋道上的总结，是在千百次的实战中血的教训锤炼，是师父观察徒儿到达一层境界之后的一次棒喝！对于陷在大战中苦思不得解的徒儿来说，有如醍醐灌顶，是棋道追求上的顿悟。

此后在各类大战中，林海峰再无精神上的困扰。

师徒二人这段悟道对后辈的影响深远。每当我比赛受到其他事情影响时，重温这段佳话都会让我心里静下来，随着年龄的增长，越来越觉得温暖。后来，在培养后辈的路上我也发现，没有经过大胜负的外界影响，没有经历过对艺术、棋道苦思的挣扎，即使讲起"平常心"，很多人常常也是似懂非懂。所以良师悟道固然重要，不会反省自己的实战心得也是枉然。

第二局，林海峰执黑。专注于技术上的发挥之后，他放开了下，下出自己喜欢实地的风格，把白棋逼向名人坂田并不擅长的围大模样。

第一天打挂封棋，黑棋占优势。

第二天坂田拼命反击。棋局几度反复，双方挑灯夜战，读秒至午夜，年轻的挑战者林海峰首次在正式棋战中掀翻名人坂田。坂田发现眼前的年轻人似乎变了一种气场，哪里改变了，还说不准。

第三盘移师北海道。

比赛前晚，吃坏了肚子的林海峰腹泻高烧，紧急打针吃药，折腾了大半夜，第二天抱病上阵。幸亏年轻，身体底子好，熬到第一天结束时，身体已无大碍。棋局异常难解，双方寸土必争，难分胜负，被师父称为"悲壮惨烈"。进入第二天深夜，双方耗尽限时，第200手后，都是最后一分钟读秒。名人坂田烟不离口，左手夹着燃着的烟卷儿，猛抽猛吸的却是一支未点燃的烟卷。林海峰正坐俯视棋盘，手中浑然不觉地挥舞着在开阖中已然折断的折扇。

凌晨两点，第303手终局。细数之下，执黑的名人坂田盘面多5目，按规则是和棋，而名人战的规则是和棋白胜。

初出茅庐的挑战者领先。名人坂田喃喃自语：顽强，太顽强了。

第四局比赛在九州福冈。坂田特别早到一天，充分备战。缠斗直到第二天深夜，双方进入读秒最后一分钟，局面依然摇摆不定。评论认为名人占优的时间多些，但笑到最后的是挑战者。因为此局，评论给了林海峰"二枚腰"的绰号，意指像顽强的相扑选手，似乎有两个腰支撑着，推不倒。

至此，舆论开始出现了改朝换代的说法。原本以为一边倒的比赛，变成了跌宕起伏的一部大戏，没有比主办方《读卖新闻》更为开心的了。

第五局战场在关西大阪，鏖战至凌晨一点多，名人坂田扳回一城。

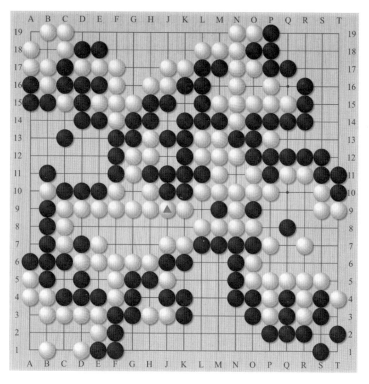

• 日本第四届（旧）名人挑战赛第六局，林海峰（黑）对战坂田荣男（白）。

第六局按预定时间，9月18日、19日在北陆石川县举行。随着悬念的跌宕，比赛的吸引力大幅提升。从第一天开始，坂田就竭其所能，与林海峰展开一城一巷的缠斗，就算获得暂时的优势，也不敢有丝毫松懈，他深知对面的年轻人是一座山。心无旁骛的林海峰山一样的韧劲爆发出来，一波

• 林海峰名人祝贺会，大家举杯相庆。

接一波的反攻绵绵不绝。反观一直用时少于挑战者的坂田，开始步步长考。到第 164 手时，坂田用光剩下的 80 多分钟都苦无出路，而林海峰仅用 3 个多小时就拿下本局。

总分 4∶2，一举拿下名人！

当夜，正值台风过境，一夜狂风暴雨，海上巨浪滔天。20 日的早间新闻标题纷纷用"台峰"（台湾林海峰）隐喻名人挑战赛带给日本全岛的震撼。大海另一边的台湾更是欢天喜地，发掘海峰的一众大佬可都是台湾的名流啊，他们想不到的事，被一位 23 岁的年轻人实现了。

超级大新闻的主角自然是高兴的。

借着高额的奖金，林海峰改善了住房。在尊尚历史传统典章的日本棋界，排名贵位第一的人尊享着一切礼遇。一切活动以名人为首，包括给业余棋手签名段位证书、出席仪式时的排序、讲座讲话报酬的多少等，就连对局时的座席都以名人为上手席。

舆论欢迎新人，舆论也在观察着新人。

为荣誉所累，甚至棋力下行的棋手各个时期都有。大约两星期之后，10月7日的本因坊战预选赛，林海峰对阵元老级棋手岛村俊广九段。老先生原定的日程是名古屋对局次日为爱女完婚。可如今林海峰成为名人，按照规定，岛村九段要赴东京对局。先不说老先生是有名的求道棋士，如此舟车劳顿对局一晚，婚礼肯定也来不及参加了。林海峰听说之后，亲自致电说他想去婚礼上当面道贺，恳请棋战依然在名古屋举行。

新名人破例移驾外地，赢得界内一片赞声。

1966年4月13日，十杰赛决胜战在东京本院举行。名人林海峰对九段高川格。按照典章，名人为上，坐在背靠神龛的上座。林海峰特地早早赶到对局场，抢先坐在下手位，静候着高川格九段前来。高川格九段此前为本因坊战九连霸，是棋界最讲究礼数的前辈棋手。看林海峰抢坐在下手位，还以下手的礼仪擦拭棋盘，于是连连道歉，想揽起正坐的新名人。林海峰块头大，不动如山地行着下手的礼仪，由此，这局棋就破例以名人坐在下手的位置进行了。

一时间，棋界对这位新名人大加赞誉。

棋院发行的《棋道》评论说："败而不馁，是我们大和民族具有的传统精神。但胜而不骄，恐怕只有在中国文化的陶冶下才能养成。"

半个世纪后，同林老师聊起这段往事，他说，他们都是了不起的前辈，坐在他们的上手位下棋会心有不安。

对棋道和前辈都心怀敬畏和谦卑，林海峰时代的序幕刚刚开始。

1966年1月底，整个台湾都在欢迎奋战在日本的围棋孤旅英雄吴、林师徒。蒋介石听了师徒二人在日本棋界比赛的生活，特别询问了林海峰名人战的情形。围棋协会决定颁赠林海峰"国手"匾额，由陈雪屏亲自书小楷撰写证书，周至柔主持仪式。称号是继师父吴清源"大国手"称号之后的殊荣。林海峰非常高兴，匾额此后一直在他家客厅中高挂。

此后的林海峰八次荣膺名人，五胜本因坊战，在强手围攻的日本棋界，开创了"林海峰时代"。一位棋手在某次比

• 林海峰（右）夺得名人头衔之后，与吴清源（左）一同回台湾，受到蒋介石召见。

赛中突破自我不算最难，能在此基础上不断突破，并以此作为一生的事业，那就是伟大了。台湾的围棋青少年们以吴清源、林海峰师徒为榜样，王立诚、王铭琬、张栩等一批又一批有如接力般，前后往日本发展，成为不同时期的日本围棋第一人。

很快，林海峰升到了九段。到了蒋夫人说的成家的年纪，身边却未传出可喜的消息。台湾的大佬们派了林海峰父亲生前的好友、台湾围棋协会秘书长袁惕素专程前往东京，带着海峰去大阪相亲。女方的父亲是大阪华侨总会会长王双领，兼任大阪中华学校董事长。王双领的三千金中最小的女儿名王来弟，双方一见之下很聊得来，王来弟的姐姐还曾经是林海峰在大阪中华学校时的同班同学。

交往两年之后，两人就准备简简单单地成家了。

这可是忙翻了一众长辈，办订婚典礼，办婚礼，办大婚礼，办两地婚礼。喜庆故事的结局像极了传统才子佳人的戏码，两人和和美美地生活在了一起。海峰那位现在已经是四个孩子妈妈的女儿林芳美说，从来没有听过父母吵架哦。

四

2016 年 10 月，在上海见到参加应氏杯的林老师夫妇。他们已经是有 8 个孙辈的慈祥长者了。

比完赛，25 日去酒店接到他们，林师母说起很久没去周庄了，于是我们转向周庄。除了棋，林老师都是依着夫人的。林师母很会照顾人，也总能让周围的人觉得温暖舒心，这在棋界是出了名的。

车开到哪里其实并不打紧，要紧的是大家总想在一起多说说话。林师母先问起我们的情况，说到我教棋的事情，她问得更是细致。现在的她经常要帮着带小孙子们，8 个孩子都在学棋，棋力各有不同。现在东京的孩子学棋氛围比不了国内，我分享了这些年教孩子们下棋的经验。她说，要是你们的教室在东京就好了，8 个娃娃都拜托你们教。

我说林老师弟子教得好，孩子呢，可能就太宠爱了。

就是啊！她叹气，奇怪，怎么总觉得教不到位呢？

言传身教比什么都重要。林老师的弟子张栩从院生到日本棋界第一人，主要的学棋时光都是在林老师家跟着老师度过的。张栩小时候有两次入段比赛成绩不好，恰好那个节点上，妈妈来看他，他便退缩说想回台湾。林师母劝他的妈妈，一旦退出日本棋院，那是再也回不去的。有些事情如果只是由着孩子的心情，也许就错过他们的机会了。结果嘛，后来的日本棋界第一人又是一位中国人。所以说起围棋教育，最佩服的就是濑越老师这一门，门下桥本宇太郎、吴清源（林海峰—张栩，芮乃伟）、曹薰铉（李昌镐）都是狮子。后来我们相约，以后铸久会寒暑假的集训班随时欢迎林老师的孙儿们来。有机会时，也想带我们铸久会的孩子们去东京林老师家交流学习。

到了周庄，从同里中学跨石桥过河，想起当年高川老师"叩石桥而不渡"的感慨。那是一次大胜负比赛，处于劣势的高川老师下出拼命的招法，年轻且处于优势的林老师长考之后选择避战，将微弱的优势带入官子阶段。赛后，高川感慨林海峰年纪轻轻就有着沉稳的修养，用了禅宗"遇危桥，不急渡"的比喻。

过了桥，迎面总能遇见揽生意的村里人，他们都喜欢找着林老师说话。话不易懂，林老师便一直微笑。大约陌生人都能感受到他谦谦君子的温和。前一天赛场摆棋时，有些围棋爱好者给林老师讲棋，摆着他们认为合乎棋理的下法，很是失礼。我在一旁几次提醒说，我们想听林老师讲棋。林老师只是微笑。高水平的棋手通常都很有性格，像大前辈坂田、秀行老师自不必说，就是小林、武宫、治勋老师在生活中也常常是个性鲜明，林老师是个例外，他总是温和地笑。

我有时候也想，这是不是也跟林师母会照顾人，做得一手好菜有关。20世纪90年代，在林老师东京的家里，每个月都有两次研究会。一到晚餐，林师母便带着女儿给二十多位棋手烧饭做菜。参加过研究会的棋手，说起最好吃的中华料理，答案永远是——林海峰老师家。有一次，柳时熏晚到，匆匆赶来，笑称不为下棋，为的是吃林夫人做的晚餐。

2023年的应氏杯在上海孙科别墅举行。由中国选手谢科对阵当今排名第一的韩国选手申真谞。林老师是受邀嘉宾。每次见他都跟过节一样开心，近年更甚，觉得对面是一位久别重逢的慈祥大哥。

这一次林老师来中国，发生了一件魔幻的事情。

二十年前他在苏州农业银行存过一笔活期，从未动用。趁着午休，我开车载着林老师夫妇还有他们从台北来的儿子敏浩一起去办取款手续。林敏浩是台湾海峰棋院院长，一直致力于在台湾推广围棋，台湾职业队的世界大赛准备训练常常是在海峰棋院。

银行办手续，主要是等待。

于是我和敏浩聊起围棋推广的事情。说到 1965 年，他父亲以 23 岁的年纪，击败如日中天的坂田荣男老师，夺得棋界最高荣誉名人头衔，并创该头衔最年轻获得者纪录。这样的头衔，林老师拿了八次。那夜台风过境本州，记者报道说，"台风肆虐日本岛，犹如'台峰'（台湾林海峰）肆虐日本棋坛"。第二天雨过天晴，棋坛的改朝换代开始了。

正说着，几位银行职员来找我签名。顿时觉得脸上烧得慌，我赶紧向他们介绍，这是我的老师，林海峰老师，60 年代就站在围棋界顶峰的英雄。

三位惊诧不已，不会吧？是那位很早就很厉害的林海峰啊？太不好意思啦，一直以为就是传说中的人物啦！

于是，签名、照相、合影、单独合影再来一遍。

我告诉敏浩，当年拿诺奖的杨振宁院士去东京，特别提出想拜访吴清源、林海峰师徒。他在文章中专门提到，中国人高智力代表，当属围棋界的这对师徒。1984 年，杨振宁还推荐香港中文大学授予吴清源文学博士学位。

敏浩说，父亲以前的事情，好多我们都不知道。他从来不说，我们也就从未在意。

看来，是要带着铸久会的孩子们去海峰棋院学习交流了，在那里反复讲讲林海峰的故事，以及他对于国内外棋坛、对于我们这一批人的意义。

林老师微笑着指指我，又指指敏浩说，多交流好啊！带着铸久会的小朋友们去台湾吧。

就这样，前前后后两个多小时，聊得开开心心，事情却没办成。

几位银行的围棋爱好者也很不好意思。他们向我们解释，因为林老师拿的是侨民证，这个证件现在在大陆无法证明眼前的林海峰就是二十年前开户的林海峰。

面对这样荒谬的解答，林老师又露出他招牌的微笑，没事没事。就这样，我们离开了银行，这一段插曲也并未影响大家聚会的氛围。林师母说，林老师还是老习惯，在家里自己摆棋，日常去日本棋院看棋研究，喜欢的高尔夫球因为太花时间，便改成散步。作为围棋史上划时代的人物，林老师在生活中一直是一位温和的长者，以至于很多时候，周围的人都觉察不出他是创造了围棋历史的人物，有着赫赫战功的英雄。

送走老师，我回味着这次重逢，不自觉露出笑意。我知道眼前的林海峰就是从前的林海峰。世事变迁，林老师永远是微笑的林老师。无人能改。

2024 年 2 月 6 日，东京的大雪变成了冷雨。

林师母约请我们 11 点半在代代木车站附近的海鲜刺身店。敏浩发来店的照片，是林老师、林师母多次请我们吃的那家。

到了车站，我指着站前改札口对老伴儿说，这里就是那回林老师推着自行车等我的地方。

来到老店，静悄悄的，一问才知这里中午不营业，林师母约的是车站另一边的分店。

走六七分钟后，找到了商业楼下的分店。走到店门口，敏浩迎了出来。林老师、林师母已经在等着。店里陆陆续续坐满来吃午餐的人，看着我自拍，林老师伸手说："来帮你拍。"

刚想客气，想到林老师拍别人太少见啦，于是胳膊碰碰老伴儿，示意她把林老师拍我的镜头拍下来。老伴儿会错了意，只是靠紧了我，等林老师拍。

林师母问："喝酒吗？"

"嗯，要喝，与林老师当然要喝。"我回答。但平时不喝的。

大家举杯，愿身体健康，平平安安。

闲聊了一些往事。饭后，到林老师家去喝茶。

客厅里满满的是当年我们参加研究会的回忆。在林老师的感召之下，这里曾高手云集，王立诚、王铭琬、张栩从这里走向日本大头衔。客厅一边的墙上挂着台湾棋界为了祝贺林老师获得名人而授予的红色"国手"证书，是陈雪屏先生的漂亮楷书——多年之后，我和乃伟到普林斯顿大学拜访余英时先生，余夫人听到我对林老师家这么熟悉，问到证书，说起那是她父亲的手笔。1992年我与乃伟登记结婚之后，也是林师母在研究会准备了鲜花蛋糕来祝贺。那时乃伟正处于无法参加正式比赛的日子，研究会的训练棋就成了她很重要的"比赛"。乃伟说，这个房间延续了她职业围棋的对局感觉和棋手生命。

这次来林老师家，主要是请他在棋盘上题书法的。朋友们很喜欢他浑厚有力的书法，一如他的棋风。

林师母拿出笔墨，调顺。林老师写得认真，写完几面棋盘已有些吃力。

休息下来，还是聊家常，从上海到台北到东京，林老师笑眯眯地听。他家里的大小日常一直由夫人打理。说起最早代代木这个家是谁定下来的，师母说："他呀（林老师）！他一个人，连同人商量什么的都没有，都不知道，他就决定买下来啦！"那时的棋坛，林海峰如日中天。代代木是中心地带，离棋院近，绝大部分棋手因为经济原因，住不到附近。

我又问林师母："这房子如何？"

师母说："房子是很好，可真是他一人就这么定下来啦！"

林老师夫妇是出名的模范夫妻。林夫人能干，包揽了除了棋以外所有的事。

很多记者都记得，棋手们在外地比赛回来，晚上到了东京习惯再喝一杯。再晚，林夫人都开车在外面等着载林老师回家。

林老师拿名人时八段，荣归故里台北。那时的林海峰英姿勃勃，岛内多少人替他操心终身大事。

之后，林老师与在大阪的华侨王来弟女士定下婚约。

此后再回台北，看到美丽贤惠的林夫人，大家放下了心。

临告别时，我告诉林师母，下次还想吃这一家。

● 曹薰铉

韩国围棋大师。1963年拜入濑
越宪作门下，1982年升入九段，
是韩国第一位九段棋手。韩国围
棋"全冠王"，曾九获世界冠军。

师叔曹薰铉

曹薰铉老师是我们的师叔。

最近几年，我和师叔，在国内一起参加过两次民间围棋活动。

一次是 2020 年的 1 月 5 日，在浙江义乌何斯路村参加当地举办的围棋进校园活动。自师叔当选为韩国国会议员后，很有一段日子没能和他坐在一起好好说说闲话了，所以我很高兴。

另一次是 2023 年 8 月底，在山西晋城国际围棋邀请赛上。疫情以来，终于又能见到白发苍苍笑声爽朗的师叔，我当然很高兴。

每次见师叔我都很高兴，因为他就是个令人高兴的性格啊！这次在晋城，70 岁的他，在餐厅见到我和乃伟，便招手示意我们过去。等乃伟坐下，他说："也就是现在，你能这样坐在我对面吃饭，要是按以前的礼数，（伸手指指远处）你只能坐那里去啊！"

大家都笑起来。乃伟的师父吴清源老师是曹老师的师兄，所以他是我们的师叔。

师叔喜欢逗乃伟。记得有一次，乃伟回国参加了围乙联赛。等回到韩国，师叔问起成绩，得知不太好时，说："哎呀，这个成绩，你还好意思拿出场费呀，要给队里交钱致歉才行啊！"

我们一直觉得师叔是一个充满童趣的人。从他的角度看，世界上有很多很多有趣的事情。尤其是下棋，既是他的职业，更是他深感有趣的天地。

活动前，看主办方写的师叔的简介：拿过七次世界冠军的曹薰铉九段。我赶紧纠正他们，是九次。九次世界冠军都是一刀一枪拼出来的，漏掉哪一次都不合适。

师叔打小就是围棋神童。因为家境贫困，他是通过看别人下棋来学棋的，就这样看着，才华也很快得以显现。那时候的韩国棋童深造，都是留学日本，木谷道场成了培养韩国主力人才的圣地。10 岁的曹薰铉赴日留学时，恰逢濑越宪作老师想为韩国培养一位棋手。当时，濑越老师已经为中国培养了一位吴清源。机缘成就，这样的泰斗级人物收曹薰铉为入门弟子。从一开始，濑越老师就告诉他，没有人能在棋上做你的老师。棋要靠自己去学、去悟。

1995 年，三星杯三番棋在北京昆仑饭店举行。曹老师对中国棋手马晓春九段。半决赛第三局，下至中盘，曹老师有失误，输掉了。但这个失误不容易发现，当时双方都进入读秒。棋下到很晚才结束。之后，曹老师来到研究室复盘。

曹老师摆棋常常摆到很晚。在此之前，我和邵炜刚已经在研究室同先胜出的李昌镐摆了很长时间。所以，到曹老师摆棋时，很多意见都是出自李昌镐的招法。而李昌镐就像小学生一样站在一边看，老师不问，学生不举手回答。当世最强的徒儿是如此这般地守着老师。酒店工作人员不停地在周围打扫，把其他地方都整理好了，就站在我们旁边，这盘复了几个小时的棋才算完。

曹老师的学棋方式就是这样，不把问题弄清楚，就一直复盘，一直思考下去。

在 AI 与人类智力结合的论坛发言中，曹老师说过，他下棋的那个年代，是韩国领先的时代。诚如所言，从 1989 年曹薰铉九段勇夺应氏杯世界冠军开始，他带领的韩国围棋界，有十五年的时间雄霸世界棋坛。在此之前，他们出的围棋杂志国内没有，记得我第一次在国家队看到《韩国围棋年鉴》，还是在总教练聂卫平的床头。当时，人们对韩国棋界的认知并不如今日这般，是曹薰铉九段应氏杯一战震惊天下，才使韩国围棋在世界棋坛引起了重视。

• 第43届韩国国手战，曹薰铉对战芮乃伟。

　　2000年2月，第43届韩国国手战。21日，挑战三番
棋之第三局，在首尔（那时还叫汉城）钟路区东亚日报总社
开战。上午三小时的对局后，午餐大家一起去报社附近的清
溪川日本餐馆。我们这一桌人，除了主办方，就是曹老师夫
妇、车敏洙大哥、我和乃伟。那天的中饭，曹老师和乃伟几
乎都没怎么吃。对局三小时之后，累是棋手们休息时的常
态。只有曹师母和车老大聊天的兴致很高，我想师母早就在
曹李师徒的对局中习惯了这样的胜负场面，再说乃伟又不是
李昌镐！

我也没觉得乃伟有多大机会，能够下到决胜局就已经很不错了，只要她努力去拼就好。

　　当时的局面属于胶着状态。黑棋正在攻击，下的是乃伟执黑时喜欢的那种路子。下午，曹老师错过了一个决胜的机会，采取了避让。一让之后，黑棋就一路领先了。当时，曹老师风头正盛，他的落败自然成为大新闻。在我们同曹老师长时间的复盘过程中，乃伟接受了许多采访，连日本的NHK都派来了报道小组。

　　国手战决赛之后的一段时间，乃伟看到师叔就躲。但他老人家一如既往地谈笑风生，而且来棋院同我们摆棋更多了。

　　曹师母做好了泡菜，打电话叫我去取。我说太远了啊。于是第二天又接到电话，曹师母说，下来取泡菜吧，我在你们公寓楼下呢！之后一到泡菜季，师母就开车到我们位于韩国棋院附近的住处的楼下，打电话叫我们下去取。巨大的保鲜盒装得满满的，够我们吃半年了。我们在韩国待了近13年，年年都能吃到韩国围棋第一家庭的美味泡菜。

　　好想念。

　　一年之后，曹老师在国手战中重新从底部一路打到决赛，干掉徒儿李昌镐后，向乃伟发起挑战。主办方公布了更高的奖金，变成五番棋。曹老师秋风扫落叶般直下三局，夺回国手。

他老人家真是哪儿跌倒哪跃起。

2001 年 4 月，我们随韩国团一起赴日参加富士通杯赛。

乃伟很是喜悦，一层原因是可以参加世界大赛，另一层原因是能再听到师父吴清源的教诲。2000 年富士通杯赛开幕式上，曹老师见到师父，和往常一样恭恭敬敬地行大礼。吴老师特别高兴，拉着曹老师不松手，说，已经听乃伟说了你对她很好，常常指点她，我真是感谢你。听到这话，曹老师脸都红了，双手直摇。连声说，她不错，厉害，连国手头衔都拿了。国手头衔，乃伟正是从曹老师手里拿的。一旁的记者们拍下了这些动人的照片，并作为话题登了出来。

的确，因为师父这层渊源，在韩国时，我们受到了曹老师很多特别的关照。他经常和我们用日语交谈，批起乃伟的棋总是直截了当，毫无情面，明显有别于他人。很多资深的围棋记者纷纷问其原因，曹老师每次都说："没办法啊，谁让我们是同一师门的人哪，她就等于是我的弟子啊！"

不过，每说及此，曹老师都要加以说明，他是将桥本老师和吴老师当作师父一样来尊敬的，对于当年吴老师曾代师

• 曹薰铉和藤泽秀行。

指点过他的那几盘棋则更是念念不忘，总说受益匪浅。

到了日本后，开幕式过后的第二天晚上，和韩国队一起吃晚餐时，我打电话给藤泽秀行老师，向他问好。他老人家特别高兴，说："薰铉和觉（小林觉）昨天来看我了，我们坐在一起吃饭，我真是高兴。可是铸久啊，薰铉和觉都有跟你一样讨厌的一面，就是不肯让我痛快地喝酒，昨夜也愣是只给我喝一点点酒，就不让我再喝了。"

秀行老师接着说："昨天王汝南先生也来看我，我还问他记不记得太原的事呢。怎么样，铸久啊，十七年前在太原时我就告诉你薰铉是大天才，你当时还不知道他是谁呢！"

秀行老师大笑不已。

在他的笑声中，我清楚回忆起第一次听说"曹薰铉"这个名字时的情景。20 世纪 80 年代，"秀行军团"来太原，因为飞机误点，我和王汝南老师一直陪着秀行老师。当时，秀行老师说，在他看来，当世的天才棋手，棋才排第一的是曹薰铉。他把名字写在纸上给我看，说，他会让围棋界所有人大吃一惊的。其实当时曹老师已经很厉害了，只是我孤陋寡闻罢了。1985 年左右聂卫平去美国，车敏洙大哥曾经促成了聂卫平与曹薰铉的对局。双方在旧金山与洛杉矶下了两盘棋，平分秋色。

我追问秀行老师，这位曹薰铉的棋哪里厉害？

秀行老师思索一阵，说，同薰铉下了许多快棋，输了他会像你一样，帮我按摩肩膀。薰铉反应很快，说明他棋感熟悉、用功，在下自己的棋。

谁不是在下自己的棋呢？当时对这句话的理解不深。时间过去很久，当我对这个世界和棋理有了更多一些的认识之后，我才理解秀行老师所谓下自己的棋，是说棋手在熟知顶级下法的同时，还能将自己对棋的理解融入其中，形成独到

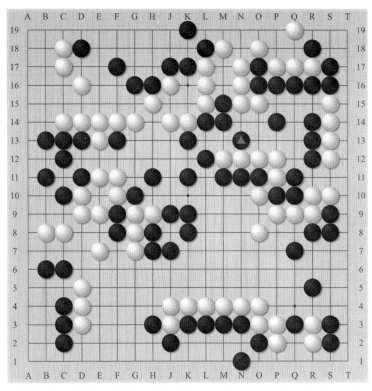

• 第一届应氏杯决赛第五局，曹薰铉（黑）对战聂卫平（白），黑不计点胜。

之处。这是说起来理所当然，做起来常常苦而不得的事情。

　　能下自己的棋，比如武宫老师的下法，秀行老师说，此后一百年还会有人记得的。

　　当年秀行老师欣赏曹老师的才能，曾与他下过许多每局耗时 10 分钟左右的超快棋。曹老师始终记着这段师恩，常常去探望，还曾专程飞去日本参加秀行老师的生日祝贺会。

他本身已经是超一流的大棋士，但他对前辈、对老师，仍然是打心眼里尊敬和感谢。

曹老师几次来中国，我陪着他参加活动，知道他不喜欢麻烦别人。有开幕式、闭幕式或者发奖，他一定会打好领带，正装出席。需要等待的日子，也不会提过多的要求。所以，陪他，生活上可以说是最省心的。通常，他出门会带着一本或一套书，路途上看。他从小下棋，很多文化知识就是靠这样见缝插针式地学习。有时候他会带历史书，只要是有关中国的历史，他就会同我多讨论些。互相听听不同书里的说法，挺好玩儿的。

更过瘾的自然是聊棋。不管活动如何，只要有空闲聊起棋局，他都会很有兴趣。他有一项绝活，要知道绝大多数棋手一定是要在棋盘前用功的，像林海峰老师，还有芮乃伟，棋谱如果不摆在棋盘上，跟他们讨论起来就会费力，效率差很多。曹老师却能够在脑子里展开画面，看棋只要看棋谱就行，听上去更像武侠小说中写到的，在脑子里就能够运筹各种局面，接近心法练习。这样高效的学习能力，和他讨论棋谱棋局，很快就会知道，所有精彩的棋局，都逃不过他的法眼。是啊，练就了"看谱"功夫的曹老师，用起功来，有什么棋他老人家不知道？不努力学棋的话，真是聊天都跟不上节奏。

2004 年秋，大理苍山围棋节，濑越一门齐聚苍山大峡谷。主办方感通索道老总吉小冬安排了很多有意思的活动。最后一天是晚会，大家表演节目。我和乃伟为了助兴，上台表演了一段相声，其中把曹师叔编进去了。当然我们这个是说的中文，但是台下师叔听翻译讲了内容，立刻蹦起来，上台和我们对侃。这时，我望望台下，看到吴清源老师笑得非常开心。室内的表演结束，大家移到外面广场，在熊熊燃烧的篝火旁，和白族姑娘小伙围在一起跳当地特色的舞蹈。到了兴头上，师叔离开大队，一个人表演了一段迪斯科，把晚会的气氛带向高潮。

真是哪里有师叔，哪里就有欢乐。

2008 年奥运会前，参加晋城围棋节。我和曹老师、林老师同住一个别墅。我们在一楼安顿好以后，发现林老师和林师母住二楼。因为林老师年龄比曹老师要大，腿脚不是很方便，我跟曹老师一说，他就让我赶紧去跟林老师换房间。结果，这些大前辈互相谦让惯了，林老师愣是不肯换下来。

那次围棋节，曹老师成绩很好，在元老赛里拿了冠军。因为要等闭幕式，我们去登了珏山。登山前拜庙，陪同的人

• 2002年中国围棋乙级联赛，江铸久对战香港队外援曹薰铉，芮乃伟观战。

还不少。曹老师让我准备百元现钞，拜庙的时候捐功德箱。出身贫寒的曹老师，总不忘处处行善，常常低调地出手帮助有难处的人。在韩国棋院吃午餐时，只要餐馆里有棋院的棋手，他就会把大家的账一起结了。长年累月下来，可是一笔不小的开支。

　　2003年，全国男子围棋乙级联赛。其间，曹老师约上我们这批从韩国来的七八个棋手和中国年轻棋手朴文垚（朝鲜族）一起晚餐。与曹老师一起吃饭，大家都比较放松，曹老师滴酒不沾，反而劝别人喝酒，聊得很嗨。饭局快结束时，曹老师示意朴文垚近身，一边说努力吧，请把这个交给你妈妈，一边塞过一个厚厚的信封。

2000 年，朴文垚的父母带着他到北京，边打工，边送他学棋。其间遇上歹徒行凶，朴父不幸去世，此后母亲带着朴文垚在北京坚持学棋。曹老师知悉此事，只要是活动碰上，总会说，请叫一下朴文垚。2011 年，朴文垚战胜孔杰拿到了 LG 杯世界冠军。知道这个故事的棋手都祝贺曹老师，他笑眯眯地回应说："祝贺我干什么？"

珏山登到半山腰亭子的时候，很多年轻人还在往上爬。曹老师也想继续，我劝他，我们待会儿要回去吃饭，让他们年轻人爬吧。曹老师说："爬是没问题的。"他指指我，"担心的是你，看你这气喘吁吁的，以后要多多锻炼啦！"

说到锻炼，我俩聊到当年的十番棋。吴清源老师跟藤泽朋斋老师、木谷实老师下棋的时候，明明是吴老师身体弱，可是每次呢，下到第二天，精力不足的都是对手。我觉得那是吴老师修养好的体现。晚上即使睡不着，也会起来打坐，能够休息好保存体力。而藤泽老师那么好的身体晚上却睡不好。报道说对局第二天一大早，六点不到就跑到外面去散步，还正好赶上有几名女中学生划船划到远处被海浪冲走，藤泽老师听到呼救声，赶紧过去，救了人却不留名（后来还是人家找来了大家才知道）。

曹老师听完我说的故事连连摇头，说："最主要的一点你没说透！"

他朝我走近一步，大声说："最主要的一点是吴老师棋厉害！因为他强，所以他休息也会好，不会睡不着觉。形势不好的人，当然容易睡不着了。"说着，他拎起西服领口，斜甩上肩，转身望向远处的群山。

对哟，形势吃紧，左思右想拿不出好办法来，耗神，才不容易睡好。真是王者霸气的思路。

缓过神的我，对着曹老师的背影咔嚓了一张。

● **藤泽秀行**

日本围棋大师，名誉棋圣。致力
于中日围棋交流，曾多次带领"秀
行军团"来访中国进行交流，影
响了两代中国棋手。

藤泽秀行

最早知道藤泽秀行这个名号是在20世纪70年代中后期。

1978 年，16 岁的我初进国家队。"中央军"和"地方武装"给到我最大的刺激是，习惯了手抄棋谱的我，被各种日本大棋手的"原装"棋谱闪花了眼。当时，林海峰、武宫正树、加藤正夫、大竹英雄、小林光一、赵治勋全面接管日本棋界，轮流坐庄最大、最顶级的头衔，号称"六超"。

自然，我便如饥似渴地找着他们的棋谱反复琢磨。就在我沉迷打谱不可自拔的岁月静好中，日本棋界冒出一位五十多岁的长者。就像武侠小说里突然现身的神秘高手，他以天元战第一期冠军、棋圣战第一期冠军，这种一战干掉一个"六超"的狂轰滥炸的招式，在虎狼穴中拿到 1978 年棋圣战冠军头衔。江湖猜疑之声愈是甚嚣尘上，他的卫冕冠军来得愈是斩钉截铁。

于是，我赶紧翻开秀行老师的棋谱。

棋谱打得多了，逐渐也就能看懂日文的围棋杂志，于是经常看到秀行老师的新闻。比如在日本棋界这种派系分明、

• 1970 年，藤泽秀行获得名人赛挑战权。8 月 28 日、29 日，名人挑战赛第一
局在四谷福田家举行。林海峰执黑先行，最终藤泽秀行以 4 目取胜。

讲究师道尊严的地方，他会经常召集研究会。有他这样号召
力的老师来促成大家集中探讨钻研，是更容易进步的。又看
到说，他经常欠债，那么高的冠军奖金，拿去还债还常常不
够。我就想，那高利贷得是怎样一个高法？我无法想象，这
样一种生活，他还怎么专心下棋呢？看棋谱的时候，既惊讶
于他在几次大比赛中犯下的低级错误，又惊叹他在说不清楚
的局面下，能下出独特的一手。

　　非得是天才，才可能有这样的棋力吧。

- 1963年8月29日—30日，第二届旧名人战第七局，坂田荣男（左）击败藤泽秀行（右）成为本因坊名人。

- 第二届日本棋圣战决赛第五局，藤泽秀行（右）对战加藤正夫（左），双方鏖战，藤泽秀行长考2小时57分后开始屠龙，黑棋中盘胜。

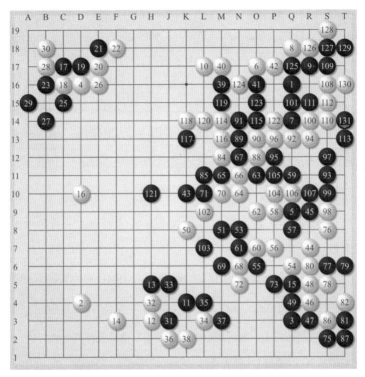

• 第二届日本棋圣战决赛第五局，藤泽秀行（黑）对战加藤正夫（白），黑中盘胜。

第一次见到秀行老师，是 1980 年赴日参加对抗赛。当时，全队 8 名棋手在东京的比赛休息日受邀去了秀行老师家。记得那一次的领队是胡昌荣，翻译是刘屯。还记得老师家在藤泽市，当时我还想，这同秀行老师的名字有关系吗？房子是带庭院的一户建，据说屋主是老师的大儿子，老师因为赌博欠了许多债，不能有自己的房子。眼前的现实令我唏嘘不已，这么了不起的老师，还要去玩儿那么低级的赌博输钱吗？

那一次，印象里秀行夫人带着一队人在忙。随行的还有《读卖新闻》的记者以及几位年轻棋手，大家挤在一起，很热闹。那天武宫老师也在，秀行老师指着一道菜说，这是武宫老师喜欢的丸子。果然，武宫老师吃了不少丸子。

初次相见，我只是一个观察者，对老师谜一样地好奇和崇敬。

我和秀行老师真正相交的渊源是从 1981 年"秀行军团"来访中国开始的。当时，随行的翻译不懂围棋，复盘时交流起来就很吃力了。那时我日语并不好，胜在胆子大，不怕出洋相，于是就斗胆帮秀行老师翻译。照我的理解，围棋语言的沟通最关键的不就是搞清谁更好嘛，是白好还是黑好。这样一来事情似乎一下就简单了，剩下的不过都是副词罢了。别人看我挺能的，也就相信了我的翻译。其实有些时候，老师说的意思和我翻译的并不一样。

这样一来，我给秀行老师留下了较深的印象，往后的接触也就变得多且轻松起来。

"秀行军团"每隔一两年都要来中国。我便把平时看书打

• 1985 年，吴清源（左）与藤泽秀行在北京。

• 20 世纪 80 年代初，"秀行军团"来中国交流。前排中间老者为藤泽秀行，
  秀行两侧是江铸久（左）和依田纪基（右）。

谱时遇到的一些问题记下，他来时就请教他。

1985年11月中旬，秀行老师要来北京比赛。那天傍晚赶到北京机场去接他。当时的北京机场还只有一个小小的候机楼，接人只需要有公事理由，便可以直接进到行李区。那里有几位正在等行李的日方记者，行礼过后，他们指向一个角落。

秀行老师披着浅灰色的大衣，坐在角落里看书。

我上前大声道："先生，今天好！辛苦啦！"行礼。

秀行老师合上书，笑眯眯地说："江桑，你好啊！谢谢来迎接。最近比赛成绩如何？"

我说："比赛不多，有很多问题等着请教您呢。"

秀行老师说："棋谱记录带了吗？"

我说："没有带。大家在外面等着您呢，让我先进来接您。咱们出去吧。"

我替秀行老师拿着书，把老师斜挎在肩上的书包取下来背在自己肩上。把书放到书包里时，看到了书名《三国志》。

跟着秀行老师，我学到了很多东西。对我触动最大的，是他对棋的理解和判断。围棋很重要的一点是思考方式，我那时对棋的思考还局限于一招一式，思路狭窄，不容易跳出去。而秀行老师很敏锐，能在平淡的局面中发现特别的好手——只此一手。这基于一种有效的思考方法。由此，才能慢慢体会如何去思考，什么样的思考才能有效率地想出好棋。

围棋不缺努力的人，缺少的是如何找到适合自己的思考路径。这一点，是很少有人能教的。我的经验是观察借鉴厉害的人下棋的方法，比对自己的不足。

当时，国内聂卫平老师比较厉害，看上去他最与众不同的就是多下棋，下练习棋。秀行老师的到来给了我不同的感受，他水平高，讲棋的道理多。

还是因为我会一点日语，队里派我照顾秀行老师。那时，秀行老师每次带团来北京，为了离中国棋手近，特地要求住在紧邻天坛东门的体育宾馆。每天忙完交流赛，晚上我都会去看他。

有一次，我去秀行老师住的宾馆看他，只见他边喝酒边给学生们复盘，房间里的十五瓶茅台他已喝掉了八瓶，醉醺醺的。

秀行老师胃癌确诊之后医生已经不让他喝酒了，可是他想喝。

日本人很讲究师道尊严，小辈不敢违抗长辈的话。已喝成那样了，他的儿子一就和学生依田还在给他斟酒。我粗惯了，没有那么多规矩，就收起酒瓶，倒了一杯只兑了一点酒的白开水递给他喝。

秀行老师勃然大怒："谁干的？让我喝这样的酒？！"

他的儿子和学生们吓得不敢出声，我赶紧上前承认。他怒气冲冲地看着我，但也无可奈何。能让老师少喝一点酒，总归不是坏事。一来，他的身体不允许；二来，秀行老师一喝酒，就会让依田代替主讲，坐在棋盘前来给大家讲棋。这可是错过了听好棋的好机会。那时国家队对外似乎很拘谨，总之，中国棋手不能轻易去日本队住地。不过，有心学习的人总是有办法的。晚上在秀行老师的住地，见到最多的棋手，就是悄悄出现的聂卫平。

尽管我常常违背秀行老师的意志，但他却很喜欢我。我一不在，就要问江桑铸久哪里去了。

有一次，秀行老师问我，中国除了北京、上海和南京，还有哪些城市的围棋活动开展得比较好？我当仁不让地告诉他是太原，一来太原是我的家乡，二来它离北京很近。没想到下一年，"秀行军团"真的去了太原。自此之后，秀行老师常常提起来："你说太原离北京很近，可是要乘 10 小时的火车哪，太远了！"其实这不是我的错，中国地域辽阔，乘 10 个钟头的火车在我们眼里实在不算很长。在日本人眼里就完全不一样了。也是那一年在太原，我赢了清成哲也，输给了小松英树。有记者问我："你怎么赢了八段，输给了四段，发挥太不稳定了吧？"

我一时间也不知道说什么好，只是笑。

准备回北京时，秀行老师病了，不能随大部队坐火车。大家走后，留下王汝南老师和我陪着秀行老师在太原耽搁了几天。他嫌宾馆的饭不好吃，我们就常常陪着他到外面去吃。吃饭时除了我们这些陪同外，按照当时中国的习惯，司机也在一起用餐。这在我们看来是很正常的事，秀行老师就觉得很奇怪，他感叹地说："中国司机的地位真高啊！"王汝南老师开玩笑地告诉他："在中国，你千万不能得罪司机。"

那天晚上，秀行老师突然胃疼得厉害。给他浴缸放了热水，让他泡澡。他给我看肚子上手术以后长长的刀疤，好瘆人。秀行老师过去壮实得像个摔跤运动员，一场大病后他变得很虚弱。

根据当时的外事纪律，中国人不能和外国人住同一个房间。那天晚上，看着我尊敬的秀行老师痛苦而孤独的样子，作为晚辈和学生的我却不能为他分忧解难，我焦急万分地赶去找王老师商量，看能不能让我陪陪他。王老师也很为难，身为活动的负责人，他更不能破坏外事纪律。

没办法，当晚，我们只能轮流过去看看秀行老师，照顾一下。现在想起来，整层楼面就住着秀行老师、王汝南老师和我，连个服务员也没有。

就这样折腾了一个晚上，也提心吊胆了一个晚上。好在第二天，秀行老师的胃不疼了，飞机也可以飞了。秀行老师也赶上了北京的活动，与中央领导见面。我和王汝南老师松了一口气，总算没出什么大事。许多年后，提起那晚的事，我和王老师都觉得好笑和无奈。

秀行老师也没有忘记这件事。只是他道谢的方式也令人记忆深刻。

第二年，我在日本箱根石叶亭旅馆下擂台赛。赢了小林觉后，第二天一早，秀行老师很郑重地请我去他的房间，说有事要谈。我有点紧张，不知道他要跟我说什么。在他的房间里，秀行老师先向我介绍了一位年长的女士："这是我的夫人。"接着，他又向我介绍了另一位年纪较轻的女士："这是我的另一位夫人，也就是藤泽一就的母亲。她们是专门来谢你的，谢谢你在太原照顾我。"

两位夫人都正坐行礼表达谢意，我赶快还礼，连声说："这是我应该做的，不必客气。"我的日语词汇有限，一时也想不出更多更好的话，说来说去就是这几句。两位夫人给我沏茶，拍着我的肩膀问寒问暖。我那时二十出头，很多事都不懂，嘴上不敢说什么，心里却在嘀咕着：秀行老师怎么有两位夫人？

更让人惊奇的是，我看见两位夫人亲如姐妹，并肩在庭院里散步。

秀行老师，真是个出人意表的人。

当时，有很多文章说，藤泽秀行就像是江铸久的教练。

我也觉得是这样。秀行老师对我真的很好，赛前经常向我面授机宜。擂台赛赢了依田纪基后，秀行老师说："依田的快棋很厉害，你有空要多跟他学学。"

那时的擂台赛日程是中国日本两地互换着设擂台，每次一位棋手出访，预定是下两盘棋，中间安排休息一天。如果赢了，第三天下第二盘，输了，也要等到第三天才能回。

依田输给我之后，在北京又待了两天。队里安排我陪着秀行老师游览、观光，吃饭则必须回到下榻的民族饭店用餐。秀行老师对观光兴趣不大，就让我同依田下快棋。依田果然名不虚传，我连输了四盘。复盘时，秀行老师不时地指点我，当时的场景被《新体育》的记者拍了下来，好几家杂志都刊用了这张照片。

有记者问他如何看待来中国帮助中国棋手成长这件事。

秀行老师说:"表面看是帮助,实际上是共同成长。再说日本一家独大并不利于围棋发展。我带日本年轻棋手来,也是为了共同学习成长。"交谈中,秀行老师还特地举了苏秦、张仪的例子。

我知道这段故事,翻译得特别溜。其实是自己讲了一遍故事给记者听。

擂台赛后,"秀行军团"再次来访中国,其间我一直陪着秀行老师。表面上看好像是我在照顾他,实际上陪同的过程中,棋里棋外我都学到了不少东西。很多攒下的疑问可以听听秀行老师的指导、建议。特别是针对我的对局,秀行老师会给出直接的意见。

记得秀行老师毫不客气地对我说:"你现在没什么风格,都是抄别人的。这样下去没什么前途,所有真正下得好的棋手,都有自己明显的风格。你可以合理地吸取别人的东西,但你同时也必须有自己的想法、自己的风格,这样才能成为大家。"

这些宝贵的意见对我帮助很大。

秀行老师还问我:"你看当今和未来最厉害的天才棋手是谁?"

我回答说是聂卫平和小林光一。

秀行老师摇头，说他认为是曹薰铉。

当时孤陋寡闻的我居然连曹薰铉这个名字都没听说过。我马上去查看日本的围棋年鉴，里面对他的介绍很少，只是说他在日本学过棋，还是五段时就回韩国服兵役了。秀行老师说："你们不了解他，对他不够重视，但我认为他必定会大放光彩。"

事实证明秀行老师的目光是敏锐的。

他还跟我预判过："你不要看马晓春现在名气还不是很

大，总有一天他会很厉害的。"

大病之后，老师的身体一直不太好，可他还是多次带领日本的年轻棋手来访中国。"秀行军团"里主要的棋手有依田纪基、今村俊也、小松英树，还有已经成名的棋手小林觉九段、武宫正树九段等。现在想起来，20世纪八九十年代，"秀行军团"的来访对当时中国围棋的发展起到了很大的促进作用。

秀行老师生性豪放、不拘小节。在中国时，由于身体原因，他中午总要回宾馆午休。一般都是我把他送到宾馆，然后约定好时间，下午我再去把他接过来。北京的秋天会突然降温，他来的时候只带了一套西服，我便留下自己的风衣让他披着。有一天中午，还没到接他的时间，他就披着我的衣服，一个人迷迷糊糊地走来了对局室。

他说："我一觉醒来，也不知道几点，就一个人赶过来了。"

不记得当时谁说，一会儿方毅副总理要来看棋。看着秀行老师睡眼惺忪的脸，我赶紧手忙脚乱地用热毛巾在他的脸上胡乱擦了几把，他也听任我打理，旁边的人看了直笑。

多年以后，秀行老师的儿子藤泽一就成了日本棋院的理事。在乃伟刚刚到日本时，他给乃伟看了由中国围棋协会发给日本棋院，不希望日本棋院接纳在外的中国棋手下职业比赛的公函。

飘在东京的乃伟不能下职业比赛，但是每周四的对局日，都坚持去日本棋院看棋，一个月去林老师家的研究会两次，努力维持着自己的棋感。

秀行老师也伸出了援手：他同意乃伟参加夏冬两季在汤河原举行的"秀行军团"合宿。前后约一周时间，她和日本的年轻棋手一起下训练棋，听秀行老师的讲评。一天的日程结束后，往往还舍不得休息，下快棋直到深夜……

1993 年底，我从美国来到日本和乃伟团聚。安定下来后，"秀行军团"合宿这么好的事情我当然要申请参加。

秀行老师当然是爽快地答应了。

不过，在马上就要出发去合宿的前几天，秀行老师打电话给我，说，江桑，你来我很欢迎，但是，这里除了一起去中国的依田、今村那些，还有很小的孩子，他们都没去过中国，你可不能拿出过去在中国时那些招法对我哈……

哈哈哈！

秀行老师想起了那时我不给他喝酒的事情了吗？

到了合宿的旅馆，秀行老师看到我非常高兴，老叫我去他房间聊天，深夜聊嗨了，让我直接从壁橱里拉个垫子出来就地睡下。当然，在大家面前，我必须收起往日的作风，规规矩矩地听秀行老师讲棋，不像当年在中国那样随时提问了……

1996 年底，我和乃伟离开了日本。1998 年，秀行老师在 NHK 的访谈节目中，批评日本棋院不接纳芮乃伟在日本下棋，使得日本女子围棋少掉了一次成长的机会。他说："那些因为芮乃伟强而不接纳她下棋的理由太狭隘了。"

跟强手学习，才能使围棋更好地发展，对未来有利。担心奖金被拿走，担心对手强，会使自己国内的围棋发展减慢。

"像国际上举办了应氏杯、三星杯，人家也会担心被外国棋手得冠军。可是从发展的眼光来看，那样做才是对的，正确的，围棋才会发展。"

当时我和乃伟在美国，辗转听到秀行老师的话，没有棋下的我们飘零异国，心却是暖的。

● 李昌镐

韩国著名九段棋手，曹薰铉弟子。围棋史上获得最多世界冠军的棋手，曾创下多项围棋历史纪录。

赤子李昌镐

我第一次见李昌镐，是在1990年他一战成名的东京富士通杯世界围棋大赛上。

　　当时，15岁的李昌镐第一次参加富士通赛事。我和他甫一见面，就在下榻的旅馆下起了快棋，他的师父曹薰铉在一旁观战。李昌镐的棋风与我之前碰到的棋手都不一样，他惯用平铺直叙的行棋，在不知觉间蚕食对手。那一次，我两盘棋都输了，他的实力给我留下了很深的印象。比实力更让我印象深刻的，是他几乎不说话的性格。毕竟曹老师的弟子棋下得好是情理之中，但和老师如此迥然的个性，委实令我意外。

　　下棋几乎是李昌镐唯一的交流方式，到了非说不可的程度，声音轻轻的，会脸红。

　　那一次富士通杯，李昌镐下出了白棋破大模样的名局，一举拿下前两届冠军武宫正树老师。当时，武宫老师执黑，下出得意的大模样，最后一手围在中央。李昌镐破大模样的方法，竟是下在让黑棋镇住的位置，像是逼着对方出招，武宫老师当时一定也和所有的旁观者一样大吃一惊吧？这种看

• 青年时期的李昌镐（左）与江铸久。

似平铺直叙，实则异峰突起的下法让白棋很快地取得了优势。少年的成名棋下得如此漂亮，李昌镐在世界棋坛一举成名。

　　性格内向的围棋天才成功的背后，自有他不为人知的艰难。

　　围棋是个自我学习的过程，向内琢磨，向外求教。很多时候，就是需要与周围同等级，或者更高水准的棋手多探讨、切磋。因为他人的想法会触发自己的思考，冲击固有的棋理，这样的学习更高效，进步会来得更快。而与人打交道，恰恰是李昌镐最艰难的事情。第一次参加入段赛时，紧张和内向导致他一上来就连败，全无还手之力。10 岁出头的年纪，小小的李昌镐想着爷爷用自行车驮着他在全州遍访高手下棋；全家为了圆他的围棋梦，四处托人，进了曹薰铉老师家做入室弟子……往事历历涌上心头，和失败一起淹没了这个不善言辞的小孩，他悲从中来又无从表述，没有更好的法子，寻到一处死胡同，一个人狂抹眼泪。

哭完了，再走回师父家。师父什么也没有说，只是耐心地带他复盘，研究每一盘棋，做好每一处总结。师父休息后，李昌镐又一遍遍地复盘，总结到深夜。说来传奇，自第一盘的惨败之后，小昌镐连续五连败，到了第三天他开始了神奇的连胜之旅，六连胜！

虽然入段比赛的前两年没有成功，但是到了 1986 年，随着实力的增强，李昌镐水到渠成，顺利入段。

11 岁零两天的昌镐跨进了职业围棋的大门。自此，小小少年启动了他的"开挂"人生，成绩一路攀升，直到进入国内大赛决赛的舞台，之后又是国际赛场……

也是自此而始，李昌镐每每遇到不顺，总是会先从自己身上复盘找原因。

10 岁那个绝望的夜晚，少年回头，看见等他复盘的老师。

这也是李昌镐最大的幸运，得遇一生严师，在迷津处及时指引他。师父家里那些从日本带回来的棋书就像宝藏，他随时可以发掘、钻研。而他少年的体魄加上与师父差异大的个性，给了他更好的精力和更多的时间去琢磨。所以说李昌镐和林海峰在棋上的道路有很多相似的地方，他们都有像山一样非常强大的老师，一路引领着他们踏实地走在围棋之路上。

很快，李昌镐在韩国棋界排名升至第二，第一是他的老师曹薰铉。于是师徒大战便顺理成章地拉开帷幕，韩国人民最喜欢的曹薰铉开始输给他的徒儿，直至所有的国内冠军都被昌镐夺走。曹老师倒也干脆，打不过徒儿就直接跑去国外拿这样那样的世界冠军，他照样是韩国人民的最爱。

1992年东洋证券杯，李昌镐从棋坛常青树林海峰九段手上拿到第一个世界冠军，成为年龄最小的围棋世界冠军。荣耀巅峰，打击也在暗处蛰伏。同年应氏杯，芮乃伟抽到李昌镐。整盘棋从布局阶段开始就进入混战，一直相持到右下角的劫争。芮乃伟很猛烈地开劫，完爆李昌镐。

这是李昌镐久不能忘怀的一盘棋。很多年后提起，他都直言不讳地说，当时感觉受到了很大的刺激，甚至都心灰意懒，不想下棋了。话虽这么说，身体仍然惯性地自省，复盘，总结。将痛苦像庖丁解牛一般剖析，正视并解构它。有

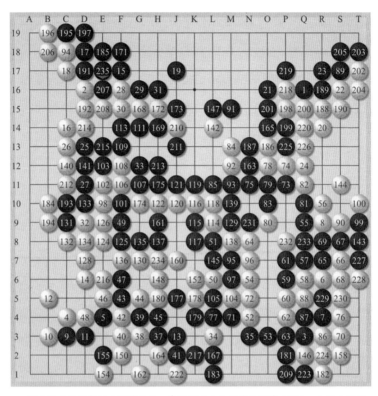

• 第三届东洋证券杯决赛第五局，李昌镐（白）对战林海峰（黑），白胜1目半。

时候都未必是出于自律，而是去行动、去做，回到痛苦本身，才能消解痛苦带来的恐慌和沉重。毕竟，承受被暴击的挫败，是每个伟大的棋手都要经历的过程。不善言辞的昌镐，提供了一种解决痛苦最具体、实用的办法。

比起化解挫败，李昌镐觉得世间最难莫过于应对拿奖之后的祝贺和采访。

他不喜欢旅行，不喜欢与人交道。陌生环境带给他消耗和困扰，这才是他难以克服的弱点。尤其当他从师父手上拿到冠军，最难过的不是赢了师父，而是赢过之后，蜂拥而上的记者提出的，他想都没想过的问题。

他们又不是下棋的人，怎么想法还这么多呢？

李昌镐不能理解，他甚至都不敢正视师父的眼睛。这令他觉得自己做错了事，觉得透不过气来，只能憋着，等到复盘结束，去外面透一口长气。

这样的困扰，就像一个湿答答的包袱，一直挂在李昌镐的身上。逢大比赛，赛事本身压力不大，但周围的嘈杂和陌生会给他带来生理上一种名为"上气症"的症候，发作时浑身冷汗，脸色发红发潮，严重的时候会头疼。

2003 年，我和李昌镐在大理参加苍山围棋节活动。其间，一张巨大的棋盘绷在山峦之间，活动流程中有一项是请棋手和嘉宾坐缆车从高处观赏棋盘。李昌镐恐高，害怕密闭空间，又是一个陌生的、让他害怕的商业活动，但他仍然听从活动方安排，由举办方吉总陪着走完全流程。冬天，只有李昌镐顶着满头的汗水，雾气腾腾。2004 年，有"毒蛇"之称的崔哲瀚挑战李昌镐的国手头衔，棋局结束之后，又是采访，讲解，感想。结果李昌镐不见了。工作人员也不急，说一定就在附近的。果然，赛场外停车场的马路牙子上，昌镐坐在那里，正在用脑子复盘。失败不可怕，陌生的热闹最可怕。

在韩国参加农心杯比赛，去得早，他就把自己关在农心公司的厕所里，一直待到比赛开始。这种忍耐，对他的消耗是非常大的，但他也一丝不苟地去完成。在他的概念里，既然有责任传播围棋文化，就要配合围棋赞助商。这就是李昌镐的个性，闷声不响，他认为该做的事情，咬牙也会做下来。

他有赤子之心。

记得有一次在富士通杯期间，小林光一与武宫正树、曹薰铉老师这些大前辈摆棋。武宫老师说，我想听听李昌镐的看法。

当时，昌镐已经在国际棋坛声名鹊起，他像一个做错事的孩子，站在离老师三米远的地方，远远地眺望这些大前辈摆变化。老师通常也不招呼他，但只要老师在，他就觉得安心。武宫老师发话，他便红着脸，过来摆出一个招法，然后又站在了远处。整个过程没有一句话，虽然没有一句话，但棋一出手，便是满堂喝彩。

2000年，乃伟在韩国拿了"国手"，我们在韩国棋院附近租了一间公寓，5分钟就可以走到棋院。那时候，研究室

• 李昌镐对战芮乃伟。

来得最多的人就是李昌镐。他找个空棋盘落座，一盘棋摆到布局一处，停住思考，半天不见落子。我们就忍不住围坐过去问东问西。停住的地方是分歧点最多的地方，很多分叉他都已经考虑过了。与李昌镐摆棋，能体会到他的真诚，他会毫无保留地告知他的想法。如果谁下出出乎意料的招法，他便会小声说，真是厉害，我怎么没有想到啊。

　　有一天，乃伟一个人在棋士室摆棋。李昌镐来了。他见到乃伟就说，听说你昨天的棋很危险啊！乃伟趁机向他请教。那个下午，李昌镐一直在给乃伟复盘。等我到的时候，天已黄昏，他们两个还埋头盘上。

AlphaGo 横空出世时，乃伟到韩国比赛，和昌镐有过一段对话，回来告诉我——

乃伟说，昌镐你上去下能赢。

昌镐说，不不不，还是你上吧，你的棋风比较适合。

瞧这两个有着迥然不同棋风的同门。

平时，昌镐以他沉静的性格和无表情的面容赢得了"石佛"的外号（这只是他很多外号中的一个）。不过，在棋士室，在刘昌赫、金承俊、崔明勋等同伴中间，他就比较放松，有时也会参与聊天，并且常常笑得很开心。我们和他还有金承俊等年轻棋手还经常一起去打网球。无论是网球还是乒乓球，昌镐都打得不错，至于风格嘛，嗯，和他的棋风一样，也是冷静沉稳，纯防守型的。

记得有一次富士通杯在东京，王立诚邀请大家去他家打乒乓球。立诚家离日本棋院很近，是一个独栋小楼，最上层设了一个乒乓球台。比赛间隙难得的休闲时光，大家都兴致很高。昌镐一个一个地救起对方抽过来的球，打着打着，就退到了身后的墙上，挺宽敞的一间运动室，对他来说居然太小了。

韩国棋院的棋士室，除了年轻棋手们，曹薰铉老师也常来，摆完棋就请大家吃中饭。有曹老师和刘昌赫在，棋士室就热闹了。刘昌赫喜欢用言语和招法刺激李昌镐，貌似非要找出一条与他不同的路来，目的是引昌镐出招。

棋院工作人员说，你们每天晚上帮棋院关灯，是把棋院当家啊？

对于十年无棋可下的我和乃伟，此时居然能与世界上最好的棋手们一起切磋棋艺，真是天上掉馅饼的幸福，棋院自然是比家更舒服。

2000 年的富士通杯，我们终于能再有机会去日本比赛。那时，李昌镐已经是世界第一人。

日本棋院二楼大厅是所有围棋爱好者的观战胜地，每盘棋都有小屏幕在直播。只要有李昌镐出场的棋局，就必定会有小林光一九段观战。他入迷地盯着显示屏，琢磨和体会李昌镐的行棋。要知道，全盛时期的小林光一，定型被誉为是棋坛最好的。这么大的腕儿，棋风又最接近李昌镐的伟大棋手这样佩服与钻研对手，也是围棋的魅力所在。有一次和光一老师聊天，他将看李昌镐行棋的感想，竹筒倒豆子一般，统统倒给我听。

还有一年，在北京昆仑饭店举行三星杯半决赛。

那一次李昌镐顺利地赢了赵治勋九段，曹薰铉输给了马晓春。曹老师的习惯是输了棋，一定要复盘到明白为止。很快，除了李昌镐，研究室只剩下我与邵炜刚陪着他，李昌镐还是一贯的作风，恭敬地站在老师三米之处。有几手定型曹老师下得不够好，我们摆出了更好的几步棋，曹老师有点儿吃惊，抬头看着我们。

我赶紧说这是昌镐摆出来的。

昌镐沉默地站在一旁，不坐，不出声。我只好不停地展示他的招法，间或问问他自己的意见。只要师父在，无论棋艺到了什么境界，昌镐永远是那位拘礼不坐的小弟子，等着师父叫他一起去吃饭。

他也像师父一样，去哪里路上都带着历史书。记得有一年在成都举行应氏杯决赛，记者问李昌镐，你知道有关成都这座城市的故事吗？

昌镐说，这是刘备的大本营。

后来记者问我，李昌镐知道的中国历史和我们知道的为什么有点不一样。我告诉他，人家读的是韩版《三国志》。记者恍然大悟，连连点头。

在曹薰铉跟他的徒儿李昌镐不停争斗的20世纪90年代，如果说李昌镐对围棋的理解是解析数学题，尽可能地把流行的布局吃透，平稳地把局面带向后半盘，那么师父曹薰铉则是尽可能地在复杂的中盘创新，柔风快枪，寻找非常理的战略战术，把局面导向未知。

　　就是这样神奇的一对师徒。

　　别出心裁、幽默风趣的师父，带出一位沉静严谨、不苟言笑的弟子。

　　可见世间万事，看似表象万千，内里原是殊途同归的。内里便是他们师徒天才的禀赋和赤子般的心灵。

● 车敏洙

韩国棋院职业围棋四段棋士，曾在富士通杯大赛中战胜赵治勋、山城宏等日本高手。同时也是职业扑克选手，在美国获得多次大赛冠军。

『赌王』车敏洙

教我下棋的老师很多，教我打牌的老师只有一个，就是车敏洙。

20世纪90年代初，无棋可下的我在美国游荡。遇见车老大是在拉斯维加斯的一场业余围棋赛上，组委会安排我和美籍韩裔棋手车敏洙四段进行一场表演赛。好久没下棋，一顿乱砍乱杀，就一个字形容：爽！

那天，车敏洙西装革履，非常绅士。我知道很多人叫他"赌王"，以为他在拉斯维加斯打牌，可他告诉我是在洛杉矶工作。我那时对赌牌一窍不通，出于"想和职业棋手下棋"的本能渴望，我对车敏洙说，希望以后有机会能多下下棋。他高兴地答应了。

1990年底，韩国棋手访问美国，其中有原中国棋手吴淞笙老师。我很想见见吴老师，也很想看棋，开车赶到洛杉矶时，车敏洙正在讲棋。下来之后他问我，想不想跟韩国的徐能旭九段下盘棋？我当然求之不得。

我和徐能旭的那盘棋吸引了很多人。一上来我就用大斜定式套住徐能旭，看上去局面很有利，可是中盘之后，徐能旭凭着深厚的功力追了上来。读秒时我感到棋生，明知道自己的问题出在哪里却使不上力，被他一直追到半目败。这盘棋输得我很难过，不能经常和高水平的同行切磋比赛，眼看着自己的棋力断崖式下降却无力回天，这让我非常沮丧和茫然。

第二天，我正在辅导一个业余棋手下棋，车敏洙和他的夫人如约而至。在嘈杂的环境里，我和车敏洙一连杀了好几盘。和职业棋手对局太快乐了，我们都喜欢搏杀，对局中各类手筋层出不穷，输赢不重要，也记不清了，只记得非常过瘾。临走时，车敏洙跟我说，如果来洛杉矶一定要记得找他，欢迎到他家住，我们可以一起下棋。

因为好奇，也是生活所迫，我问他赌牌好不好学。车敏洙似乎看穿了我的心思，劝我不要涉入这一行当。"赌牌并不像传说中的那样一夜暴富，这一行其实很难，而且很容易把身体搞垮。"说话间，他掏出一个信封递给我，"并不是要给你什么，只是希望你在美国好好钻研棋艺。你到美国我也没有帮助过你什么，这只是我的一点心意，希望能对你在美国待下去有一点帮助，请你千万不要客气。"

我很感谢车敏洙的好意，但实在不好意思接受这五百美元。

他诚恳地说："仅此一次，就算是我和妻子的一点心意，希望你能再来洛杉矶下棋。"

从此，只要学生少，我就赶去洛杉矶，和车敏洙在韩国棋社找一个单间下棋。我们经常下到深夜，有一次一连下了三天，两人都下不动了。"赌王"车敏洙问我去不去看看他打牌的地方。

这里要说明的是，他打的是德扑一类的牌局，客人和客人打，赌场提供场地及发牌等服务，收取手续费。这和轮盘赌 21 点等和赌场较量的赌博不是一回事。

我自是欣然前往。我记得，那是 1991 年。

车敏洙打牌时我就在旁边看，我不懂规则，只看输赢。一上来他就输了一万美元，吓了我一大跳。四小时后，他赢回了输的钱，又多赢了六千美元。我暗想，这钱可真好赚，以后有机会我也来试试看。回去的路上，车敏洙对我说："你看我最后赢了，但一上来也输得很可怕。打牌这个行当很容易输钱，尤其是刚入行的人。经历了多年的磨砺，成为一个超一流的牌手，才有可能挣到比较多的钱，所以你尽量不要进来。"

当时的车敏洙，十多年来稳居美国职业牌手收入排行榜的前几位，是美国各大赌场分管牌局的经理需要记认的超级牌手之一。这些超级牌手不仅给俱乐部带来了巨额的收入，也体现了赌场的水准与品位。像车敏洙这一级别的牌手，赌场每年抽取的时间费就高达 5 万 ~8 万美元。

这样一位重量级的老师，对我的蠢蠢欲动只说了一句话："希望看到你和芮乃伟在一起下棋。"

然而很快，我就学会了赌牌。是一个学棋的学生给我扫的盲，他叫马克，是一个电脑工程师。他问我有时间为什么不打牌，我把车敏洙的告诫说给他听。他说："车敏洙打牌很厉害是因为他会下棋，他有常人所没有的素质，这个素质你也有。"见我有点心动，马克就对我说："我先教会你规则，至于打不打牌，你自己看着办。"

马克教我的是一种在加州流行的赌牌方法，学会了以后我就跟着他去打牌。很快我就迷上了赌牌，边打边学，很起劲。再见车敏洙时，我把打牌的事告诉了他。他先是很不高兴，生完气以后对我说："既然你已经开始了，那我就告诫你几点。第一，打牌时间不要太长，对身体不好；第二，不要太计较输赢，输了立刻起身走。"

我趁机向他请教了一些技巧，有了高手的指点，我的信心更足了。

只要我们有机会在一起，先是没日没夜地下棋，然后他去工作，我就坐在他身后观摩。经常是打了一夜之后，我所记得的所有有疑问的牌局，问他时，他全部能够给我解释。车敏洙说，他能记得一夜间所打的全部牌局，及当时同桌各个牌手的表现。有时候，他会边打边向我介绍各个牌手的风格和习惯，告诉我从同桌某些人的表情和动作可以看出他拿到的是烂牌还是好牌或超级好牌。这让我大开眼界，我问他，每个人的表情都会泄露信息吗？

　　他摇头，世界级牌手是很难从他们的表情来下判断的。

　　这大概就是人们常说的 poker face 吧？

　　知道我赌牌之后，车太太责怪他，你怎么能教铸久去走这条荆棘路呢！车敏洙说，可是铸久已经在打了，我总不能眼看着他去输吧！我只能教铸久一些牌理，希望他少输，或者能赢一点。当然，不去更好。

　　现在想来，其实打牌也好，下棋也好，世上万般道理大体是相通的。车敏洙决定做一名职业牌手之时，就开始像下棋一样学习每一个典型牌局，记住任意组合里每一张牌出现的概率及获胜的几率，也读了大量的牌书。但这些都只是最基本的准备，因为任何人都可以记忆，也都可以读书。而且，从概率上看，每个人能拿到好牌与差牌的几率是均等的。只要决定正确，符合牌理，那么即使一时运气不好输了，终究还是会赢。所以，牌手还要锻炼专业的素养和定力，学会精准控制自身，在不可预测之处，尽可能作出零失误的判断。

我曾经见过车敏洙在两小时内，手拿大牌，却被一手烂牌的对家拿到1/26的赢率，甚至1/52的赢率，可谓运气糟到极点。车敏洙表情如常，笑一笑跟我说："看到这一行的可怕了吧？就算练到我这种程度，就算对手并不强，照样会输得很惨，这就是赌牌赌不过运气的一面。"

这种背运的时刻我也碰到过，通常是输光身上全部的现金完事。我问车敏洙："这种时候你怎么做？"

他笑笑说："撤。"

说来容易做来难。大多数人（包括我）常常是会越输越急，越急越不肯罢手。我在旧金山时，有一次连续打了两天，输红了眼。当时是下棋的经验救了我，找不到办法时，最好的办法就是停止。

打牌和棋理有相通的地方，但打牌有更现实的一面，很多牌手因为高估了自己的"段位"又低估了自己的贪婪，导致倾家荡产。也难怪车敏洙常说打牌和下棋一样难，但他更加喜欢棋，也更喜欢做棋手。因为下棋更有意思，也因为棋手只要一心一意提高自己的棋力即可，不必面对一穷二白的绝境。

在车敏洙老师的指点下，我的牌技进步很快，有段时间三四个月就差不多能赚一万美元，我认为赌牌也是一个收入不错的行当。但是他一有机会就劝我："下棋是一个很好的职业，当你下不动时，还可以教别人。赌牌，当你一天就能赢十万美元，甚至更多时，你会发现它对生活的影响其实非常有限。你跟我不一样，我是职业牌手，赌牌是我的职业，而你还有潜力做回职业棋手，特别是芮乃伟在日本那么努力。铸久，用不了多少时间，你和芮乃伟会在一起下棋的。"

我完全明白他话里的意义。赌兴正浓时，恰逢第二届应氏杯来临——四年前我杀进了前八，在东京举行的第二届我是种子选手——把我又拉回到围棋上来了。我决定还是好好下棋，车敏洙说得对，围棋才是我的正业。

1993年10月，甫一拿到绿卡，远在韩国的车敏洙就叫我立刻去韩国，说有要事找我商量。赶过去之后，他带我参观韩国棋院，安排我和金日焕七段（后升为九段）下了盘棋，我赢了之后，他很高兴，说："以后你有可能到韩国下棋，所以你要保持你的棋力。"

在韩国逗留期间，车敏洙不失时机、不遗余力地向韩国棋手介绍我和乃伟。他不停地鼓励我：现在大家还不了解情况，其实韩国棋手都很友善，韩国棋界肯定会接受你们的，这只是时间的问题。而你们要做的就是等待，但不能傻等，要把自己的棋练练好。不要机会成熟了，却让大家对你们的棋失望。

他反复向我承诺："铸久，你是有实力做回职业棋手的，乃伟更是。你不能放弃围棋，更不能荒唐到一直赌牌。你们等着，我会让韩国棋院接受你们来韩国下棋的。"

当时我把这当作鼓励来听，完全没有想到之后的日子，车敏洙为了践行他的诺言，花费大量的时间和金钱为我们的事情努力。有一段时间，因为母亲身体不太好，车敏洙在韩国待了许久，他更是为了我们能到韩国下棋的事四处奔走。前前后后一共四年多，我和乃伟到韩国下棋的事情，终于在棋士大会上付诸投票了，韩国棋手们用他们举起的手，给予我们新生，把我们带回了职业围棋的舞台。

1999 年 4 月，我们来到韩国棋院，重新开始职业棋士的生涯。

当我们向韩国棋手致谢时，他们都说，你们最应该感谢车敏洙老师，他一有机会就替你们宣讲，不断地鼓动大家促成这件事。

千言万语说不尽我和乃伟心中的感激。他是我们的恩人，也是我们的大哥。从此，我们管他叫车老大。

车老大是一个特别的人。

他出生于汉城（现在的首尔）富裕家庭。母亲为了小儿子的前途不惜投入，游泳、功夫、排球、小提琴等他都学过，还有围棋。其中，功夫与围棋成为陪伴他一生的爱好。

他曾在美国加油站徒手斗二十多个墨西哥人，情急之中飞起一脚，竟然将旁边一棵碗口大的小树踢断了。

"哇！布鲁斯·李（李小龙英文名）！"

于是他真的开始教这些人练他幼时在韩国学的那一点东方功夫。

他也曾经作为韩国高中生围棋代表，参加与中国、日本的三边对抗赛，落子如飞，几乎不花时间就拿下全胜的战绩。

当时，车敏洙被誉为韩国的希望之星。但他天性中对于胜负的敏感和狂热，使他无法满足于仅仅只做一名棋手。韩国人打牌、下棋都喜欢放一点小彩，车敏洙更是凭着好胜、喜刺激的天性，以及毫不手软的风格成为其中的佼佼者。多年后回忆起来，圈里还有他的传说，"车敏洙这小子，技术还另说，胆子是奇大，敢拼，敢诈，从不手软。下起赌棋来，金寅国手让三子的人，他竟然敢让四子赌，还能赢，真是不可思议"……

当时，在韩国当一名棋手收入很低。车敏洙的母亲认为他应该去美国发展，并由最初的建议、鼓励，渐渐变成半强制性地将他送去了美国。在美国待了三个月，车敏洙打电话诉苦，说美国没有朋友也看不到机会，想要回汉城。母亲说："你在汉城的公寓已经卖掉了，以后也不再有经济支援，你就靠自己吧。"

被逼上梁山的车敏洙在加油站打过工，也经营过卖酒的小店。人生最落魄的时候，他开一辆破车，全部行李都在车上，到处流浪。饶是这样，他在围棋上的名声也渐渐传开，洛杉矶的棋友都知道，要想找高手下棋，就得去找酒店老板。

窘迫的状况在他成为一个职业牌手时，正式结束。

车敏洙成为职业牌手的第一年，收入是25万美元。第二年，50万美元。从第三年开始，收入就上了百万。生活稳定下来以后，他协助在美的韩国人开棋社，并在韩国人围棋俱乐部以及中国人的棋社都开了免费围棋课。中日韩三国有职业棋士到美国旅行比赛，不管是哪里主办，他都积极参与接待，找一切机会和高手们下棋。也因为如此，"赌王"车敏洙经常陪着各国来的棋手们去赌场玩牌。

在车敏洙的意识里，一流的棋手也很容易成为一流的牌手，可是当他陪多了以后，发现想象与现实差别其实很大。中国棋手还好，因为国家禁止赌博，所以对这些明显兴趣不大。日本棋手就不一样，大家都喜欢赌运气，赌注也押得很大。1995年韩国东洋证券杯，车敏洙在休息日请日本队吃午饭。其时，大竹英雄、武宫正树、片冈聪、依田纪基、王立诚、小林觉、小松英树等各位高手将车敏洙团团围住，听他讲牌桌上的故事和手段。车敏洙一一作答，最后恳请大家不要去赌21点和百家乐，实在要去也尽量下小注，只当玩，何必在明显是赌场赢面大的游戏上做冤大头呢。

这已经是车敏洙的定式了。说的次数一多，连当翻译的我都能在中日英三国语言中无缝切换了。车敏洙总是忧心忡忡，说要对围棋界的朋友们负责。可是这些棋坛高手根本不想要他负责，他们听归听，但一定不会照他的劝诫去做。进了赌场，总是勇往直前，该下大注就下大注，该输钱还是输钱。曹薰铉老师就更有意思了，他和老车是多年好友，但是上桌玩21点时，像从没听过"赌王"好友的忠告一样，不管输赢，永远以同样大的赌注下注。

我在旁边看着车老大的苦口婆心和高手们的置若罔闻，觉得特别好玩。

做一名超一流棋手，是车敏洙从小的梦想。

只是从踏上美国这块土地开始，他就知道，这只能是梦想了。尽管如此，手握棋子，面对棋盘仍然是他最快乐的时候。也因为如此，无国界地推动围棋发展，成为他最热衷的事情之一。

我在美国办铸久杯时，因为经费有限，请不到职业棋手来下指导棋，这种时候，车老大总是会及时出现，义务下棋、讲棋。还在中韩尚未建交时，车敏洙就设法办好各种手续，将当时在美中国棋手业余强豪严仲泰请去韩国交流。那时的国际体育赛事，中韩两国的运动员是不能主动接触的，所以这一举动，完全超出围棋的范畴，造成了新闻轰动。促成这一盛况的车敏洙自然非常高兴和得意，很多年后，他才知道当年带着严仲泰四处下棋、游历，是完全处在韩国安全局严密的监控之下的。

车敏洙很热爱中国文化。他所参与策划、组织，以及赞助的很多活动都和中国围棋相关。1985 年左右，中国的聂卫平与韩国的曹薰铉在美国实现第一次盘上交流，双方一胜一负。场上如火如荼，场下打牌、拱猪、钻桌子，打成一片。作为活动赞助者之一的车敏洙欢天喜地地忙前忙后，开心到飞起。

90 年代初，中国首次举办王位赛。决赛阶段，赞助方经费出现问题，刘小光九段和杨晖八段的王位战决赛就此尴尬地挂住。当时车敏洙正和一些韩国棋手在中国旅行，听闻此事，第二天就给中国棋院送去了所需经费，使比赛得以顺利闭幕。

当然，车老大在中国棋界最广为传颂的事情，是他在 90 年代中期自主出资，在中国连续举办三年"友情杯"的义举。这一盛事，我全程参与，感受特别深。

1995 年，富士通杯八强赛在韩国庆州举行。车敏洙赶到庆州给中国棋手助威，当时参加比赛的是张文东和华学明，领队是年维泗。事实上，凡有中国棋手到韩国比赛，只要车老大在汉城，他总会约大家吃吃饭，聚一聚。他总说，别的忙我也帮不上，请大家吃饭总还做得到，就算是为中国棋手加油吧。

当时，年维泗老师谈起中国棋界的现状，说大赛不多，奖金又低，棋手得不到全面的锻炼，收入也上不去。

没想到他把这件事记在了心里。后来我和乃伟去韩国看比赛时，车老大说想在中国办一个大规模、高奖金的赛事，要让中国的职业棋手都能下到棋，又能提高收入。这个消息对我冲击非常大，车老大看上去决心已定，他说，你在细节上多设计考虑，比赛我是一定要办的。

这样鼓舞人心的事情，中国围棋协会自然是鼎力配合。很快，比赛细则和流程都初步拟定，中国棋院想把赛事名称定为"敏洙杯"，可车老大坚决不同意，他提议叫"友情杯"。

在大家的共同努力下，1995 年，由车敏洙个人出资举办的友情杯在北京顺利举行，是当时中国参赛人数最多、对局费和奖金最高的国内大赛。

第二年，原定接手的韩国赞助方因种种原因临时退出。车老大关照我不要让中国棋院知道这个消息，决定自己一个人将比赛办下去。就这样，友情杯在车敏洙的个人赞助下，一共办了三届，每一届都会邀请曹薰铉老师等著名棋手来中国助阵。

自友情杯之后，中国国内围棋比赛层出不穷，如"乐百氏杯""大国手战"等大赛相继举办。其奖金、对局费都比过去的国内比赛有了大幅的提高。车老大以友情杯带动大型商业赛事，支持中国围棋发展的初心顺利达成。

其时，车敏洙本人正在经历他人生中的一个坎。

因为母亲年迈多病，他紧急处理掉美国的资产回国，重新扩建母亲的电影院，更换设备，购置房产。一切妥当之后，美国加州房地产大涨，他匆忙出售的两处房产价格翻倍。紧接着，韩国金融危机爆发，韩币大跌，他的资产顿时缩水一半以上。车敏洙本来就是有多少花多少的脾气，对朋友家人都豪爽惯了，我在想，那几年，面对急剧下跌的经济状况，他是如何支撑过来友情杯的赞助？

就此，车敏洙开始了韩国美国两边跑的生活。母亲的电影院不用他盯着的时候，他就飞回美国继续做他的职业牌手。一年总要飞七八个来回吧。我们到韩国下棋后，他就一直是这样飞来飞去，以至于我们经常弄不清楚他是在韩国还是在美国。

我没有问过他为什么要这样辛苦，但我想不外乎两个原因：一是经济状况需要他这么做；二是"赌王"车敏洙还是很喜欢当一名牌手。

牌手和棋手，都是车老大看重的身份。

就算是去了美国，知道自己再无缘成为超一流棋手，他仍然在1989年和1990年代表美国参加富士通杯赛。1989年，一出场就连克山城宏九段、大平修三九段，闯入八强。当记者问他与世界最强者的差距时，车敏洙答道："是有很大差距。不过，如果是受先，赌50万美金，我敢与天下任何

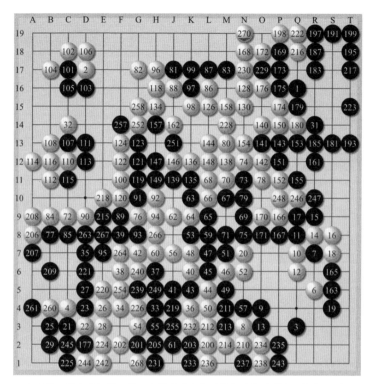

• 1990年，富士通杯第二轮，车敏洙（白）对战赵治勋（黑），白胜4目半。

人下。"

啊都要拿来赌一赌，这就是车敏洙。

当时的日本棋界第一人无疑是赵治勋九段。1990年富士通杯，车老大一举攻克日本棋坛的领军人物赵治勋九段，轰动整个棋界。在以后的世界比赛中，他亦屡出奇兵，多次战

• 2023年，"棋源太行 康养晋城"国际围棋邀请赛，车敏洙对战芮乃伟。

胜各国名将，尤其是对日战绩，几乎可以说是战无不胜，被视为棋坛的一员奇才。

记得战胜赵治勋九段的那天晚上，车敏洙因有约不能同他的中国朋友们一起，就让酒店给每个中国队员的房间送去了一盒精美的巧克力。他为中国围棋所做的大小事情，就像那一盒盒体贴温暖、不事声张的巧克力，出自天然，不求闻达。

棋士芮乃伟

芮乃伟在家里排行老大，隔着近两岁有个弟弟。

从小，周围的亲戚都更喜欢弟弟，因为他聪明可爱，脾气又好。开始学棋了，弟弟进步很快，常常能战胜比自己强很多的小朋友。大家都认为弟弟更聪明。后来，这姐弟俩中，聪明的弟弟考上了交大，没有继续走围棋的路，可惜；笨笨的姐姐却坚持了下来，一生与棋相伴。

小时候，乃伟住在上海南京西路梅龙镇弄堂里一所公寓的三楼。放学了，她常常搬个凳子坐在三楼门口，边做作业边等着爸爸回来。一年级的作业，她能一次做一两个小时不挪窝，学习小组里，她也一定是作业做得最慢的那一个，说明是有点儿笨的。不过，一旦意识到自己"笨"，又肯花时间一点点做好的话，那就变得厉害了。沉下心气去努力的孩子当然厉害，谁还能比谁真的笨多少呢？

平心而论，乃伟就是这样的人。

能够自知并接受自己的"笨"，就会专注笨鸟先飞的事情。

刚进国家队的时候，乃伟觉得自己各方面明显不如别的女棋手。当时女队员里有孔祥明，是聂卫平总教练的太太，能言善辩。还有同是从上海出来的杨晖，从小到大，都深受老师们的喜欢。与之相比，乃伟就差了许多。她很自然地接受这些差距，开开心心地跟着许多男棋手打球、骑车，把自己的性格慢慢打开了。

　　那时候，女队员住五楼，男队员住三楼。只有在对局时，大家才能去体育馆训练室下棋，日常都是在宿舍摆棋训练。宿舍训练不允许锁门，可对女棋手来说总还是没那么方便，一开始，她们都需要克服心理障碍，才能来我们宿舍同男棋手一起摆棋。

　　乃伟告诉我，她是花了很大的气力，才克服了畏惧心理，跑来摆棋的。慢慢地，她开始参与到棋手的讨论当中。没有 AI 的年代（即使有 AI 也是如此），棋手需要经常跟比自己强的人一起探讨棋理，再回去摆谱复习，自我消化。后来我们总结，这一点在学棋上非常重要。围棋的学习不像外语，自己看自己背也行，和强手交流探讨，一起分析不同的局面和棋理，效率比自学要高太多。有一些女棋手可能没意识到这一点，或者觉得这不重要，但腼腆的芮乃伟在讨论围棋思路这件事上，一点都不怯场，也或者只要跟围棋相关，她就能心无旁骛，没有什么不能克服，甚至根本不需要克服。总之，在20世纪80年代国家队三楼的宿舍里，经常能听见她小声但倔强地表达自己看法的声音。

这样专一持久地钻研，一开始可能慢，进步起来却有飞跃的感觉。

芮乃伟就是这种专一到纯粹的人。她眼里只有围棋，大半生百折不挠，是无棋可下的时势弄人也好，是被认为劣势的性别和年龄也好，她永远能将自己归于起点，顺其自然地接受，却神奇地干到最后。

她不喜对抗，但总能做到决不妥协。

可能恰好是这种执拗，让她在人生必然的节点上，遇见师父吴清源。

从这个角度看，当年出走日本看似被逼无奈，其实也许是命运翻云覆雨手的着意安排。在日本跟师父吴清源学棋的日子，打开了乃伟的眼界。这个眼界，不仅是棋艺上，从生活到精神的各个层面，师父都给她之后的人生立了一个标杆。

技术上，师父潜心研究多年，已经形成系统的21世纪围棋。虽然当时还未在棋界实践过，但对芮乃伟来说，犹如当头棒喝。原来棋可以这样去想，这样去下，像是给带艺投师

• 1997 年，吴清源夫妇与芮乃伟。

之人注入一股真气，她对棋的理解、力量都大了许多倍。直到现在回想起来，乃伟都记得师父对一些世界比赛棋局的点评，那都是真知灼见，有高屋建瓴的发喊。

可惜，当时无赛可比，不能去证明。

在等待能继续比赛的日子，芮乃伟便发挥自己下笨功夫的长处，扎扎实实去悟。摆棋时和师父有不同的看法，看棋谱时遇见与师父不同的见解，她又继续发挥自己心无旁骛的长处，毫无负担地讲出来。这一点，和从小跟着师父学棋，

• 1999年4月，江铸久和芮乃伟离开旧金山，到韩国重新开始打职业比赛。

对师父只有敬畏之心的林海峰老师不同。师徒碰撞越多，对棋的领悟越是呈指数级增长。

这样棋道境界上的飞跃，乃伟一直带到之后的美国、韩国、中国，这个传承，通过各种棋局和比赛不断地实践和验证，也辐射了出去，给别的棋手提供了新角度的参考。

1999年，韩国接纳我们去做回职业棋手，最高兴的就是师父了。我们也常常回日本看他老人家，每次去，乃伟在师父面前都是摆棋为敬，复盘，争执，我们收获满满地离开，想着下次什么时候再来。

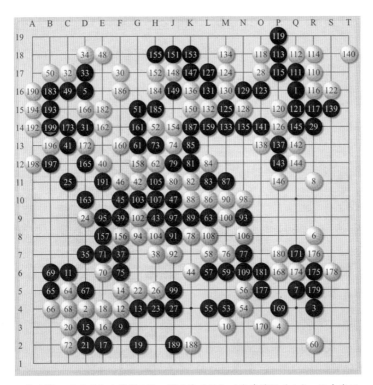

• 韩国第43届国手战决赛第3局，芮乃伟（黑）对战曹薰铉（白），黑中盘胜。

　　如今，师父离世已近十年。每每想起在那些无棋可下、焦灼不安的日子，师父循循宽慰说，不要急，身体健康最重要，你现在多学点东西，到21世纪都会好起来的。

　　言犹在耳，泪盈满眶，师父就像立在身后，注视并激励着她。

如果一定要总结旅居三国的这二十来年，1996 年底到 1999 年，在美国等待韩国接纳我们下职业棋的日子，是芮乃伟，当然也是我最难熬的一段时间。

　　美国缺乏职业高手。围棋需要高水平的对手磨练思路，没有 AI 的时代，即使长时间地打谱自学，因为没有比赛来验证效果，常常会怀疑自己的判断是否准确。只靠自己或者狭隘的小圈子，思路会慢慢闭塞。饶是这样，芮乃伟也坚持练棋——如果不练棋，就更不知道怎么办了。有一次，朋友送来两只小兔子，喜欢小动物的乃伟怕它们被后院的大猫叼走，拎着根棍子陪着它们满院子转悠。转着转着我可就心慌了，怕影响到她学棋的时间，于是连夜开车忍痛送回给朋友。

　　说起来，那也是最有闲的几年，可以多多地旅游，可是哪里有这样的心情！回想起来，反而是旅游最少的时候了。想得最多的便是找一切机会去亚洲学习，参加研究会，去延续围棋上的生命。只要有机会去亚洲观摩比赛，我们便赶快飞过去，并尽可能地延长时间，在有棋看的环境里多待待，多学学棋。

　　那段难熬的时间，日本关西棋院的结城聪九段办研究会，接乃伟去他家一起训练。整整三天，她和关西棋院的年轻棋手们没日没夜地下棋，复盘研究。韩国的车敏洙大哥在韩国帮我们力争下职业棋的机会。当时，那几乎成为我们最后的救命稻草，有个希望悬挂在那里，哪怕很远，哪怕模糊，都能给人扛下去的信念和力量。

现在再去美国的房子，往事很遥远，又近在眼前。生活最难的时候，常常不是在难的当下，而是不知道难的期限。就像小时候全家"下放"农村，最煎熬的就是不知道还能不能回到城里，还能不能下成棋。

知道结果的难，因为可以预期、可以计划，浓度是会成倍递减的。

1997 年《泰坦尼克号》上映，看完电影的乃伟半夜做梦哭喊：所以你赶快下棋啊！船沉了就能保证你来生还可以做棋手！

也是从这一次，我意识到乃伟对围棋的热爱甚于我。在我们两个之间，她应该是更能坚持的那一个。

2008 年世界智力运动会后，乃伟代表中国参赛的机会多了起来。也是从这时候开始，我们开始认真考虑回国事宜。一是因为双方父母的年龄大了，想回去多陪陪他们；二是乃伟也能继续代表国家队、上海队打比赛。如此一想，我们便结束了韩国的旅居生活，当然也正式终止了我的职业棋手生涯。这我早已看开，回到上海创办"江芮围棋"，教授娃娃们学棋，从长远来看，这是延续围棋生命更开阔的出路。

对于乃伟，回来之后到底能下多久的棋，她和我心里都是没底的。好在二十来年漂泊的生活早教会我们，人要活在当下，只要有赛比，就是开心的，就可以全力以赴。

这个全力以赴对于现在的乃伟来说，具体到更多内容。首当其冲的便是年龄增长带来的体力锐降，因此注意力减退，效率降低。所以在赛前的几个星期，甚至几个月，她就开始每天强训。至于过程中出现的其他问题，也是见招拆招，芮乃伟最大的长处，就是她能坦然接受现状，然后持之以恒地解决问题。这当然也有年龄带来的优势，当心态变得越来越坦然，胜负就不是第一位了，比赛也就能放得开。

输棋也还是会难受，但已经不受困于情绪，而是复盘找原因，总结问题，期待下一次比赛。这样一场比赛接一场比赛打下来，大约就是做自己喜欢的事情吧，谁能做着自己喜欢的事情，而不觉得幸福呢！

2012年乃伟参加"建桥杯"，1：2输给了王晨星。

决赛第三盘全盘占优却落败，这种输棋会比较难受。赛后复盘找到原因，更难受，但可以睡着觉了。输棋都是有原因的，都只能从自身找，出错不怕，只要有能力减缓自己的衰退就好。

这种话，说起来铿锵有力，做起来是另一回事。今天的实力强，稍微松懈就是明天的弱。而后起的年轻人就像拔节的树苗，一茬茬地长起来，每一个下次，未必就是你的下次了。

这种年龄的更迭，放到性别上就更为不易。女棋手组建家庭之后，重心稍有偏移就极可能被取代，现在这一批八零后九零初的女棋手，能一直熬在赛场上的，都是斗士。斗士王晨星只要碰上芮乃伟，杀得天昏地暗是一定的。

2013年再次跟王晨星对决，乃伟2：0挺了过来。

这些年，围棋赛改制相当厉害，全运会、智运会都是一天两盘的赛制，对于年龄大的棋手自然是更辛苦的考验。但比赛不会等着棋手，棋手只能自己去适应比赛。2015年的智运会和2017年的全运会，乃伟两次都代表上海队拿到个人金牌。

其时，全运会的金牌完全在我们意料之外，因为赛制对体力要求太高，乃伟不敢有预期。第5轮战胜於之莹，看到了夺冠的希望。但是第二天上午，又输给了曹又尹。中午短时间的休息之后，马上就要开始最后一轮。带队的刘世振院长派专人跟着走出赛场的乃伟，护送她回到住地休息，以避免任何打扰。下午总算熬住了最后一盘棋，为上海队拿下了金牌。

我们这一代棋手，经历了 AI 的横空出世，感觉在它之前和之后，完全是两种不同的学棋方式。AI 更加偏爱年轻人，毕竟 20 岁前，是每个人最好的学习时期，似乎有不败的金刚之身，精力过剩，敢打敢杀。然而到了我和乃伟这样的年纪，就只能本着顺势而为的原则，调整我们的学棋方式。从前需要我参与的部分，现在都交给 AI 了。AI 的思路更广，角度更多，需要记忆和消化的量变得极大。

有了这样强有力的工具，自然是开心的，可是赢棋似乎变得更难了。从前的围棋下得极有个性，能够发挥自己构想的风格，能够验证自己的理解，而现在，因为 AI 的计算量够大够准，更倾向于你学了什么、学习量是否足够。布局千千万，但大方向首先要知道，而且知道的量要够大，特别是布局，面对把 AI 的各种变化记得滚瓜烂熟的年轻人，我们这一代棋手常常下着下着就没胜率了。换句话说，个人的理解和经验，不再那么重要了。再说得通俗一点，原来前辈棋手积长年的学习量和比赛经验，在布局和大局方面有着一定的优势，和年轻棋手对局时，后半盘的计算和体力是弱项，对局时间长了脑子和体力不够用，容易犯各种低级错误。所以，如果能够扩大前半盘的优势，或者在后半盘扛住，那么还是可以争一下的。但是现在，前半盘不如年轻人——学习量不够，摆过的变化也记不住——反而要靠容易犯错的后半盘去拼……实在是太难了。

看乃伟的棋，我总是着急。

尽管如此，乃伟还是以她的方式努力着。

疫情开始后，国家队基本停止了进出训练大楼，好在杭州棋院还是一直组织职业棋手训练学习。2020年底乃伟申请加入，这几年一直是杭州上海来回跑。感谢杭州棋院，给她提供了很好的训练条件。

回国这些年，上海队对乃伟很是照顾，一直当主力队员在用。主管刘世振院长一再说，知道乃伟喜欢下棋，下比赛棋，所以会尽量给机会。

国家培养一名职业棋手殊为不易，从行业发展的角度来说，延长他们的职业寿命，让他们更多地参与比赛，会给到新人正向的激励，带来榜样的力量，发挥作为老棋手更大的价值。

外界总以为我为了延续乃伟的围棋生命牺牲很多，但他们并不知道，乃伟选择的是一条更艰难的路。教棋只要肯研究就会越来越好，而下棋即使努力，也未见得会越来越好。乃伟是秉承了濑越一门的精神，只要条件容许，就尽可能参赛。

2023 年，乃伟生日前夕，在"烂柯杯"预选赛上战胜小自己 14 岁的世界冠军罗洗河九段。

这个胜利让她很高兴，这是我们调整旅行计划，退票改期临时上阵的比赛。我知道，退票只是损失些银两，而棋如果不下，于她是精神内伤。经历过十年无棋可下的老伴儿，别说为比赛改行程，哪怕改变生活轨迹都是零障碍的。

下了赛场，棋手杨冬送来了一个大蛋糕，上面裱着乃伟国手战挑战者决定赛时，赢李昌镐那盘棋的定式。他说，那也是他很喜欢的一盘棋。

那天，江芮围棋公众号发老伴儿的生日推文，用的是 2022 年寒假班安徽学生侯嘉月小朋友的学棋文章。初学棋的小朋友来铸久会之后，犹如开挂，一年多上到业余 5 段，还拿到全国大赛的第三。

嘉月的妈妈说，从幼儿园到小学，我是第一个夸嘉月聪明的老师。真是荣幸。其实，嘉月小朋友的成长经历与老伴儿小时候类似，无论外人怎么看，她们对坚持自己喜欢的事，韧性要远远高于其他人。和小朋友玩游戏，嘉月给自己取名叫"芮乃伟"，说要以此为目标，在棋上击打其他男娃娃。

可爱的。

文章里，放了侯嘉月打谱老伴儿国手战胜师叔曹薰铉九段的那盘棋。

看到这些棋局，一向记忆力差的老伴儿会回想起那些浴血奋战的美好时光，然后问我，现在的棋怎么变得这么臭？

● 梁绍鸿

武术师，"实践咏春"创始人。
13岁时被好友李小龙介绍至叶
问门下，成为叶问第一个私家授
课的弟子。电影《一代宗师》《门
前宝地》武术指导。

梁师傅教我学咏春

2020年初，人们对已经到来的生活的巨变还惘然未知。

炎热的8月，徐导皓峰来上海劝我去演武行故事。初听很是兴奋，拍电影当然吸引我，但深入细想，又觉得操作上不现实。武侠小说是看过许多的，脑子里有许多画面，但武术从没有学过啊，没有一招能拿到台面上来。

功夫如同下棋，不练就不会好。

皓峰兄问我对武行的理解。李小龙啊，他用电影将中国功夫推向了世界。至于说电影，我喜欢《一代宗师》。

《一代宗师》的武术指导就是梁绍鸿师傅，他是李小龙的师弟，叶问的私授武学弟子。"要不请梁师傅来训练你？会很不一样的。"

有了皓峰兄的引荐，赶紧飞去珠海拜见梁师傅。如同九段带启蒙，会少走许许多多弯路。这个道理我怎么能不懂。

航班到得晚，梁师傅在酒店门口等着，带我去宵夜。让店家在路边支了个小桌，点了一锅粥。广东的粥熬得浓，吃得也久。就着传奇故事下粥，粥喝完了，故事还高潮迭起，

• 电影《门前宝地》片场，江铸久、芮乃伟夫妇与梁师傅（右二）合影。

满当当一个夜晚，我算是正式认识了梁师傅。

梁师傅，1974 年初到美国纽约做生意。晚间在朋友餐馆遇帮派斗殴，他单枪匹马，空手制服持刀领头人。其敏捷身手震惊了两名观战的警官，几经挽留，梁师傅终于同意留下来给纽约警队传授武艺。警局出面，身份及薪酬都解决了，梁师傅在纽约开起了武馆。当时，海外华人武馆林立，门派良莠不齐。梁师傅曾经多次被动比武，又主动邀约各方豪杰比武，打出了一片天。后来，为孩子的教育移居弗吉尼亚，继续开馆教授武术。

开武馆的梁师傅，以拳师的身份教过纽约警察，教过美国联邦调查局工作人员。之后，美军海豹突击队从二十余万特种兵中选拔二百人进行魔鬼培训，特聘梁师傅为教官，负责突击队专业格斗技能训练。这一待就是二十多年，迎来送往各路精英。随着不停歇地教授出色的团队，像一位围棋高手，不断对练思考印证复盘切磋，梁师傅的功力一路精进。

问梁师傅，这一身简洁明了，遇敌一招制胜的功夫关窍到底在哪里。

他几乎不犹豫地对我说："功夫不是简单的练，是方法。"

梁师傅 13 岁师从叶问，师父私授四年半（第三年时李小龙去了美国）。从一开始，叶问师父就和徒弟说：要用心去想，去试，去怀疑师父教的是否符合武学原理。

无论师承多么厉害，技艺想去到期待的高度，都需要自己不断去悟，去复盘，琢磨如何破解对方的招法，去追求最善的招法。听梁师傅讲武学，常常会觉得是在讲棋道。武学与围棋说来都很简单，无非战胜自己、打败别人。归根结底是要下得去苦功夫，在此之上，才谈得上有效的方法、老师的引领。直到有一天，你恍然意识到，想领略无上的风景，原来只有自己才是最好的老师。

当年，吴清源老师对待输棋，会仔仔细细做一件事——

复盘，直到彻底厘清错误的想法如何产生，偏差的原因究竟是什么。到了晚年，他更是将全部心力看向更加难解的中央，去构想围棋 21 世纪的下法。在 20 世纪 90 年代，他的战术招法，已经显现了超前的战略眼光。

你看，世间道法万般，最后殊途同归，无非是修心法。

有机会结识，学功夫"实践咏春"，并由梁师傅手把手亲授示范，幸甚至哉。

● 徐皓峰

导演、编剧、作家，北京电影学
院导演系副教授。执导电影《刀
背藏身》《师父》等；《一代宗
师》联合编剧，曾获香港电影金
像奖最佳编剧奖等。出版有《逝
去的武林》《大日坛城》等作品。

和导演徐皓峰
学拍戏

大约 2004 年，因为筹拍电视剧《吴清源》，在北京崇文门边上的新世界公寓，邵源、徐皓峰忙着搜集资料写剧本。这种事情哪里能缺了我，很多时候，都是我连比带画地给他们讲吴清源为什么这么厉害，这么了不起、划时代。皓峰跟邵源与其说像听众，不如说是引导我说出故事的剧作者，又或者说是引导演员将一个故事讲完整的导演。

　　其间，我们一起造访了少年吴清源赴日留学前在北京下棋的主要活动场所，西四的大酱坊胡同以及东四十条的段祺瑞执政府。大酱坊院子里的电表有十六个，像是分割成十六家了。执政府的建筑仍然很好看，如果在影视剧里呈现，会一下子将人带入民国氛围。百年前的北京，由于段祺瑞的支持，意外保留了一支围棋国家队的阵容。

　　2005 年，我们仨又一起去上海观战了中日韩三国围棋擂台赛。对局时，依田身着和服，皓峰说有影视中武士的范儿。当天晚上，我们同依田聊到很晚。皓峰与邵源问了许许多多日本围棋界的问题。依田讲到他擂台赛六连胜时对赞助商提出了自己最大的梦想——同吴清源先生对弈一局。鉴于他对擂台赛的突出贡献，赞助商请出了七十多岁的吴先生与他特别对局。

皓峰问：对局时什么体会？

依田答：布局过后，无意中望向对面，吴先生周围有光环，就像佛祖坐在对面，真幸福。

作为一部影视剧，超棒的画面就此出现。

历史上那些英雄人物的成长画面，对我们今天的思考、明日的前行都会有很好的帮助。这就像好电影，常常可以帮助人们理解人类世界精彩的那一部分。筹备期间，我跟着皓峰看了大量外国影片做参考。与他对话让我难以忘怀的地方在于，无论我提到哪一部影片中印象深刻的片段，他都会立刻回应，并解答疑问。皓峰跟我说，有些影片要一看再看。我懂，犹如打谱。他又说很多影片是不需要看的。是，有些棋谱是不必看的。

为了这部电视剧，我们还做了很多事情，去了很多地方，虽然最后没有拍成，但想起来那段时光，心里充实且怀念。

之后，皓峰结合围棋和武术写出了《大日坛城》，里面的主人公就有吴清源老师的影子。其中时时守护着少年"吴清

• 江铸久在电影中客串一位颇有神秘色彩的天津武术界元老"四爷"。

源"成长的是"濑越宪作老师"。我读了这部小说就做梦，梦想要是《大日坛城》改编成电影，而我能在里面出演角色的话，好想做一下银幕上的"濑越老师"。

皓峰是个大棋迷，经常是忙完了，就上网下棋，下完了有时会把棋谱发给我。当年，他还在中国围棋的权威刊物《围棋天地》上发表过文章。

没有想到的是，2020年皓峰邀请我出演他的武行电影《门前宝地》中四爷一角。

那天，皓峰来到我们位于浦东的新家。正值酷暑，天气闷热无比。皓峰魁梧的身躯坐在我们开放式厨房的吧台旁一个小小的转椅上。那个位置正对着空调的冷风，平时我们俩都要避开的，可他端坐着，还不停地挥着手中的扇子。

• 《门前宝地》剧照。中间执扇者为江铸久饰演的四爷。

皓峰发出邀请时，我心里既高兴又忐忑。我酷爱电影，看了许多好片子。可是就像一个强队下围棋队际赛，水平低的那个棋手是会害怕的，怕拖了全队的后腿。

皓峰的武行片子，辨识度高，打起来要拳拳到肉。他不跟我说表演，直接引荐了叶问的亲授徒弟，李小龙的师弟梁绍鸿师傅教我学拳。梁师傅大我二十岁，看上去像邻家老大爷，打起人来出手如电，快到叫人反应不过来。

每周有四天，在梁师傅珠海的实践咏春拳馆，从中午到晚上十点，跟着梁师傅的徒弟黄河汕、颜源打踢轮胎、防被打、拉步子，一圈下来，汗透几身，衣服浸透出白描色带。休息时间吃完盒饭，在馆里躺下睡一会儿，再练。从前睡眠质量不好，吃饭不香，现在能吃能睡，体重不变，体型好了许多。

也有练不动的时候，我就想每周也就四天半的宝贵时间，总要演得像个样子才行啊，便咬牙坚持下去。周五返回浦东给娃娃们上围棋课，周日晚上再飞回珠海练拳。这样过了三个月，踢轮胎明显有了力感，一拳下去轮胎也会凹，温柔一下子。

剩下的时间用来琢磨角色。皓峰强调说，要自己反复琢磨。我懂，学棋自己也是最好的老师。四爷是前辈大佬，功夫做派都在。他在哪个场景出现，就多琢磨符合他出场的状态。

皓峰告诉我，有些不是很有名的电影，实际上演员很用心，演得很好。比如《江湖最后一个大佬》里面的柯俊雄，表演得特别自然，俨然就是那个刚刚放出来的大佬。我找来片子看，那时候的周星驰刚刚出道，给几位大哥做陪衬。看片子的那种感觉，像是20世纪80年代的棋手，浑身土气，不要命地追赶着前面超一流的日本棋手。

记台词对我来说不难的，拿着棋谱记录本，把台词摘出记下来，很快就熟了。难的是背熟之后要忘掉台词，在故事的情境下，自然地说出来。就像《教父》中老教父科里昂对麦克说女人与孩子可以犯错，男人不能犯错。他用老人有气无力的方式说出来，反而特别有力。

那一段时间，只要徐导说戏、谈计划、讲如何拍，我都觉得有意思，听到了许多看电影时想要得到的答案。学习的过程就像是做死活题，不停地反反复复复盘求证。

进入剧组拍戏时已经是冬天。

大家对我这个大龄新人都比较照顾。遇到下一组换机位取景，主角向佐常常在套招继续练，我也跟着比划，向佐会招呼人给我搬椅子坐。晚上不到九点就很累了，睡前谨记不喝水，以免第二天早起时脸在摄影机下显得肿。冬天，早上5点多起来出发去拍摄地。北京清晨的太阳从窗口远处的山坳口冒出来，如同棋局的布局一样清晰。

拍最喜欢的一段台词是在冬至那天。

因为喜欢，琢磨了几个月的人物状态一直没有底。开拍前一晚，想象几位出名的棋界大佬说话的不同风格，请徐导看看几个方案。

结果，人家说你还是正常说话吧，就像平时开导老伴儿的口气来得最靠谱。

看来现实与想象的差距还是有些大。

拍摄也是，对话是在行走中完成的。因为现场是在河边走，脚下的杂草冻泥让人必须专注于行走本身，与想象的步伐不一样，所以前面准备的表演几乎用不上。我只能告诫自己，不要再想水准的问题，好好演就是。在略带阴沉的、北方寒冷的冬至，身穿长袍马褂的我想象自己是送行少年吴清源赴日留学的长者，在清冷的、冬阳照耀的河边与少年话别。摄像头，刺眼的灯光，周围的工作人员似乎都退到了遥远的地方。

"武行是个小木片，是夹在大梁和柱子中间的楔子，起缓冲作用的。"

对白直接念成了说给晚辈、说给自己，有感而发的一段话。台词念完，耳麦传来徐导的声音，"江老师演出了长辈的

•《门前宝地》杀青，江铸久与导演徐皓峰（右）、摄影师邵丹（左）留影。

样子。江志杰（安志杰）的表现也很好。你们都演得有父子的感觉了。"

我很想说是台词本身直击了内心，它带我穿越回百年前。

百年前中国商业繁荣的城市天津，武馆兴旺；百年前，也是近代中国围棋最繁荣的一段时间。大环境下，行业就是楔子，我们是行业里的楔子，在命运中挣扎向前。

零下 10 摄氏度的现场突然掌声一片，OK！

第二天，徐导和我都感冒了，但我心里挺欢喜的。

江铸久，一个围棋九段
如何面对一无所知

荆欣雨　糖槭

　　5月份的时候，我第一次旁听江铸久的围棋网课。在AlphaGo的时代，初学的孩童也可以使用人工智能来进行练习，因此我问他们，你们觉得 AlphaGo 是什么？

　　答案丰富多彩，有的还充满智慧。他们说，AlphaGo 是狗，是 AI，是电脑，是核武器，是围棋的革命者。

　　放眼中日韩，江铸久是唯一一个教授围棋入门课程的九段棋手，这意味着直接与对围棋可能一无所知的孩子打交道。几十年前，他在中日擂台赛中一个人放倒了 5 名日本高手，成为民族英雄，现在，58 岁的他胡子都白了，他耐心地告诉孩子们，下围棋，黑子先行。

他的围棋学校名叫"铸久会"，学生不多，六七十人。在这里，孩子们学到的不仅是围棋，更是怎样管理自己的人生——这是江铸久围棋教育的理念核心。孩子们知道，在棋盘上，棋手要独自战斗，谨慎规划自己的棋局，并为每一步落下的棋子负责，他们在人生的长路上也需要如此。输棋时，他们知道，只能哭三声，他们会感谢对手的强大，认真复盘，为下一盘棋做准备。

理念源自江铸久的人生经历。青年时代起，他就是一个极少被所谓"传统"和"等级"束缚的人，他的妻子芮乃伟被认为是世界上最杰出的女棋手，师从一代棋圣吴清源。他是大师们的旁观者，各类传奇故事常常脱口而出，那些气质无形之中也塑造了他。

口述 / 江铸久

大人的狡猾

教棋是我第二喜欢的事情，第一是做棋手。我教棋，不是挑孩子，而是挑家长。有的家长来的时候说，江老师，我孩子跟你学了，两个月之内得升段，我说你不如别学了，因为那不是我的目的。围棋的智慧不是看你升几段了，而是让孩子从小就很自律，很会规划自己。他会很早就明白，"我是可以独立思考的人，我是能够把握我自己的"。

下棋就是个人生的小实验场。小孩子肯定是需要师父带的，但是不能给他造成都是师父教你的感觉，而是要让他觉得，是他自己找出来的路。每次我们这儿有新小孩来的时候，会说，江老师我该走哪个？旁边年龄大一点的孩子就会拍他说，你应该先问你自己这个老师。

我会告诉他们，你现在有三步棋可以下，你要自己选择最好的那一步，落子无悔，你必须自己做决定，因为下棋的是你，不是老师。我的作用，是帮助孩子找到他最好的那部分。至于他升到几段，那不重要，而且只要勤加练习，他会升得很快。

根据我的观察，绝大多数孩子会喜欢围棋这个游戏的。只不过有的人快些，有的人慢些。之前有个男生在我这里学棋，进步很快，他妈妈就说，家里还有个妹妹，哥哥学的所有东西妹妹都想学。妹妹来了之后呢，就在旁边玩，不肯上去下棋。这种情况在我看来就很简单，她担心输棋。

我就跟她聊了一下，我说妹妹啊，你想跟哥哥一起学棋，这很好，但是你要答应江老师一件事情，你下棋很可能输，你输得越多，老师就会越奖励你。还有，你在家里对棋有问题，先自己想想，然后可以问家里的好老师，就是哥哥。后来这兄妹俩一起学棋，就配合得非常好。

还有一对兄妹，也是哥哥先来学，妹妹后来，听了第一堂课，不笑，一直特别严肃。下课了，她和妈妈就过来问。我说老师觉得你不能学，因为我们这里只收想学的，你的表现让我觉得好像你不太想学。我安排你下棋，你不太敢下，你要知道以后你来上课，哥哥不能陪你，妈妈也不能陪你，就你自己了。

她和妈妈就互相对视。我说这样吧，你回去做习题，和哥哥下棋，如果你能够完成，下个星期来见我，你就可以上课。她妈妈就说，那完不成呢？我说两个任务，二选一，孩子就盯着我，我说你可以不做题，也不下棋，但你得找一个男朋友。我说你挑哪个？她说挑前一个。

现在的小孩子都那么活泼，她跟她哥哥那么好，就跟老师板着脸，为什么？她妈妈说她碰到别的老师还有一个多月不笑的，我觉得就是跟你距离远，不放松，没建立起来亲密的关系，她觉得你要逼着她下棋。我这么一开玩笑，她就放松了。

其实跟孩子相处啊，全都是大人的狡猾。如果你告诉孩子你要背下来什么棋谱，他就学不长。你可以告诉他，你这个棋啊，到此为止了，你要再想赢你对面的对手，老师是有方法的，李昌镐有一盘棋和这盘很像，你要是把李昌镐的招学会，那是不可能的，但你可以模仿啊，你把李昌镐前面的30多步模仿完了，对面那个人早趴下了。小孩回去就会把那个棋谱找到，他们这脑子很快就背下来了。

或者我这有一本棋书，我会跟他说，你看完了，你一定5段了。如果你能背下来呢，那这本书算老师送给你的，你背不下来，你就要付钱，但只能付你的压岁钱。掏压岁钱很痛的，所以他们真的拼了命也要给你背会（笑）。不过也有一次，一个孩子大声地说，我有十几万压岁钱呢，给我吓一跳，后来我就决定这招我得慎用了。

第一堂课，我会要求他跟对手行礼，第一是给对手的，第二是给围棋本身的，第三是给自己的。因为我们来下棋，是通过对手的测试，来看到一个更好的自己。我会要求所有的孩子给家长行礼，这个对一些孩子来说很难的，但我会跟他说，如果这个你做不到，那你就不要来了。因为我觉得一开始就不准备给自己妈妈行礼的孩子，你也教不了。

每节课开始的时候我会摆几道跟最近学的内容有关的死

活题，来得早的人可以先看看，或者让他们自己讲讲。然后开始两两对局，我就拿着一个戒尺四处溜达，或者去跟家长聊聊天。孩子们下完棋就可以做记录，也可以休息一会儿，然后就开始讲棋，每次课3个小时。

每学期他们可以跟我下两次棋。这帮孩子都会摩拳擦掌的，老师，等等，我去洗个脸，我说这是对的，好好准备吧。一般我一个人对六七个，我也不会藏着掖着，要让他们体会到围棋的残酷性，再说有让子，你也杀不了他们特别狠。

孩子们可以在本子上面记录你每局棋的前30~50手。很多小孩还不会写字，就写拼音，没有必要想那些特别难的句子，就很直接，黑棋好，白棋更好，黑棋臭，白棋后面打个叉，都可以。而且我说不要写名字，不是谁谁谁这步棋下得不好，而是黑棋怎么样，白棋怎么样。

一个阶段的学习结束，我会奖励班上赢得最多的、进步最大的和输得最多的。输棋了，我会跟孩子说，可以哭，因为你痛，但只能哭三声，不然你就影响别人听课了。你最应该做的，是想想我怎么输的。其实他如果认真去总结的话，他就不哭了，他顾不上。

我经常跟孩子们说，我最不能忍受的就是你们自己浪费自己。如果你有才能，经过学习，你能够达到业余1段，你就不应该在二级里混着。所以我们的好多小朋友是喜欢跟强手下的，这跟其他地方不太一样。绝大多数孩子刚开始都喜欢找一个"菜"的，我们那儿的孩子慢慢就改了。因为人的最大快乐还是经过挑战之后，你能迈过去这个坎，或者说你能感受到自己的进步，哪怕是你输了，你知道你后天会赢。我这儿有个规定，如果一个上次输给你的人找你下棋，你是不能拒绝的。水平低的找水平高的下棋，后者必须应战。

要感谢和表扬自己的对手，有的小孩慢慢地会说，我觉得我的对手下得挺好的。他们复盘的时候，我会鼓励他们多跟对方交流，"这步棋，你为什么不去问问对方的感受？"复盘结束后，要互相行礼。还有，我的班上禁止告密，如果你觉得别人做得不对，就大大方方地说出来。

成人的错误

前几年，有对上海的夫妇拼命找我们，找到我之后就给我看一个戴着博士帽的、哈佛毕业的女生的照片，说她在华盛顿的大法官办公室工作。我没懂什么意思。然后他们又拿出这个女生 7 岁的照片，抱着一个泰迪熊下棋，我一下就想起来了，是我在美国的学生。她以前下棋的时候，一定要抱个熊，后来我们办比赛给她的奖品就是个小熊，她特别喜欢。

抱着个熊下棋，我们（的家长）允许吗？鼓励吗？

我们这儿有个游泳特别厉害的女孩，我叫她飞鱼。有一次我和乃伟在日本摆棋，她在旁边看着，我就说，飞鱼，给我们摆摆你的想法，她就摆了，但是她在思考的时候开始啃手指头，她妈妈就冲过来，"跟你说多少次了，女孩子这样很难看的。"

后来乃伟就说，这女孩真好，她一声不吭，就光看我们摆棋，她妈妈说她，放下来了，待会儿她一入神，又啃起来了，这说明她专注。后来我找了个没人的时候，跟她妈妈说，你怎么会觉得你孩子不好呢？据我所知：一、她咬手指跟她认不认真，没关系；二、她咬手指说明她入神了，别人是不应该打扰她的。

她妈妈就有点挂不住了。她说江老师你的意思是我不应该说。我说不是不是，我只是想告诉你，吴清源老师19岁和本因坊秀哉下世纪名局的时候，记者从门缝里看到，吴清源会不自觉地咬手指头，你的孩子跟大师是一个动作。

我们的围棋课很欢迎家长旁听，但我有个规定，每堂课家长只能问一个问题。因为家长的问题都是成人的错误。比如有的家长就问，江老师，为什么你从A跳到了D？你这不是打乱孩子吗，孩子自己已经思考了BC，他只是没说出来而已。我们的家长真的是……我就跟他们说，孩子下棋的时候，不要看坐姿，不要看输赢，看他的神情，他只要很专注，那输了也是好的，你还要求什么呢？

我带孩子们去现场看职业比赛，事先讲好：进去的时候必须安静。你如果不安静，不仅是害了我们整个队，你也害了自己。因为老师只能让你走了。我们的孩子就表现特别好，一个个很小心，在里面弄出最大响声的就是家长，家长想机会难得啊，非要拉着孩子，要让你站这儿照一张。

事先我还给孩子们留了一个任务，看看那些职业棋手有什么不同？后来孩子们说，我们观察到那些棋手来了之后，如入无人之境，目中无人，呆若木鸡，这都是他们的词，你看，小孩的观察力很棒的。

下棋的品格

前面说的那个飞鱼，后来我们的高级班要打选拔赛才能进，参加比赛的就有她。那天比赛已经开始13分钟了，她还没到，我沉不住气了，我们的规则是20分钟不到，就视为弃权。我就给她爸爸打电话，她爸说人送到（楼下）了啊，今天可开心了，就把电话挂了。比赛到了第 15、16 分钟的时候，我看见她进来了，还有点喘，坐在那开始下棋。那天她第一盘就赢了，到了最后关键局的时候，她发挥特别好，把一个平时明显比她厉害的男孩子给干掉了。

下完之后我就帮他们复盘什么的，这个女孩她不会挤上来，但是你肩膀两边总能感觉到她的存在，知道她在安静地做记录。后来她把东西收拾好，跟我鞠个躬，就走了，你也看不出来她有多高兴。

结束后我在电梯里遇到了另一个家长，那个家长跟我说，飞鱼今天提前 10 分钟就到了，结果进了电梯，电梯就到了负一楼，然后就坏了，停了将近 20 分钟。等电梯门打开了，她走了另外一个没坏的电梯，飞奔到了教室。

她没有主动跟我讲这个故事，一直也非常淡定。后来我就问她，你害怕吗？那天你怎么不跟老师说一下啊？你很可能就要被判弃权了。她说我没有怕，怕是没用的，我顾不上和你说。我还原她的思想就是，在电梯里，按了呼救后，没有其他更好的办法，只能在那儿等着。但是 20 分钟后，她上来了，还能很快平静下来，说明她当时认为唯一重要的事情是下棋，这才了不起，我和乃伟都特别佩服她。

我会经常带我们的孩子去日本、韩国、欧洲下棋，人家都会说，铸久会的孩子是最讲礼貌的。下棋前和下棋后都会和对手敬礼，很多国外的小孩输了棋就会忘记。而且我们的孩子下完棋还会请对手写下他的名字，然后就可以在本上记录下这场对局，好多时候在赛场，其他孩子在玩闹，我们的孩子就还在做记录呢。

有一次日本的小朋友来，有别的小孩就在起哄一个日本小女生，我们的孩子就过去跟那个孩子说，江老师说了，每个来比赛的人都是我们的朋友，不可以这样。有孩子问过我，说江老师，日本人是不是就是日本鬼子，我说日本鬼子是日本鬼子，日本人不是日本鬼子，日本孩子肯定不是。

下围棋会让孩子很会管理自己。有一次我带孩子们去日本，有个男孩很喜欢吃冰淇淋，他妈妈就说不能吃太多，一天只能吃一个。我就跟他说，你自己定一下每天什么时候吃，让妈妈给你钱，吃完了就没有了。

他真的就很遵守这个规定。有一天中午，天特别热，他就买了个冰淇淋，但是不进店，在店门口吃。我就问他，你怎么不进去呢？他说我觉我的冰淇淋吃得慢，有可能化了滴进店里。

我们在机场等待回国的航班时，他妈妈给他买了一大盒点心，他撕开，挨个给碰到的这些大人吃。后来我说你有几个啊？他说，我吃一个。

你说他这么小的孩子，他知道自己的钱应该怎么花，知道自己孩子气，但是会克制，吃的时候他还能顾忌到冰淇淋不要滴下来。这个孩子非常适合下棋：一、他完全自己规划；二、他能够想到别人的感受，下棋最重要的就是要体会对手的想法。你要时刻假设对手是一个讲理的人，才能让你自己变得更加讲理。

技术很容易练的，我就告诉你怎么练就行了，这些素质才是需要慢慢积攒下来的。

后来我推荐那个孩子到上海棋院下过一段时间棋。有一天我去棋院办事，看到他在食堂吃饭，他看到我，过来了，先跟我鞠一个躬，我说你妈妈呢？他说妈妈出去办事了，我说你吃完了吗？他说我吃完了，我说那你去休息会，他说我知道的，我原来就准备吃完饭休息一会儿，因为下午还要比赛。

他吃完饭，把饭盒都收好，桌子擦干净，其他孩子还在那儿等着父母喂呢。下午比赛我再看到他的时候，双目炯炯有神。我说这是我们培养出来的孩子，其他孩子吃完午饭就开始玩了，下午就不可能有精神，他不会管理自己。

后来我就跟这个孩子的妈妈说，你的孩子很棒。作为老师，我也很开心看到这些，而不是孩子升到什么段位了。

受围棋影响的人生

乃伟看中了飞鱼，后来跟我说，以后我就教这样的女孩，我说你想得美，人家早就有其他打算了。很多家长（送孩子）来我这儿学围棋，完全是当作素质教育来学的，走职业不在他们的考虑范围内。

一般我们这儿的孩子，五年级就离开了，因为面临小升初的压力。有的家长说，江老师，我的孩子这么自律，主要是你教的，我觉得都是客气，要是真觉得你教得好，管他什么升学压力，就应该让小孩继续学，但家长还是，你学习不能保证的话，就不行。

很多孩子会提出要坚持继续学，我也没有赶走他们，但我就跟他们说，你的功课一定要比原来还好，你才能继续学，否则你的家长会不放心你。

我们常说，孩子状态好的表现应该是他无所谓下不下课，他还沉浸在棋中。但这些大孩子到了快下课的时候，就特别紧张，因为他的闹钟要响了，他要赶下一个课，他的时间都卡死了。家长会冲上来，"已经跟你说了，你要赶紧，要不然下一堂课来不及了！"

有过一些可以走职业的好苗子。我跟家长说，如果孩子想走职业，要有拿冠军的决心。下棋不是一件能混饭碗的事情，你要下苦功夫，耐得住寂寞，家长要不计代价地去支持他。

还有就是那个在外面吃冰淇淋的男孩，刚上幼儿园大班就快升到5段了。我们平时发奖励，他什么玩具都不要，江老师用什么棋，他想用什么棋，江老师打什么谱，他想打什么谱。我说我觉得这孩子值得一试。去年上海棋院也开始招收小孩了，他就去了上海棋院，结果去了之后，作业逼得他根本做不完，又赶上疫情，就也停摆了。他妈妈一直说要在棋院附近租房子，也没有租。他爸爸还是希望他能好好学习。我们就什么招都没有了。

我觉得好可惜。你说像以前吴清源的师父濑越宪作的年代，或者韩国棋手曹薰铉和李昌镐师徒流行的内弟子制度，找一个有天赋的孩子住在我们的家里，跟着我们学棋，是很不现实的事情了。哪个家长会放心呢？

时代确实不一样了，像我和乃伟那个时代，下围棋可以解决我们的生计，围棋可以改变我们的命运，为我们带来还不错的收入。现在的家长可不这么认为，前几年乃伟拿了一个全国比赛的冠军，有家长说，芮老师拿了冠军，哎呀，奖金才 20 万啊。我们觉得 20 万已经很好了，但他们觉得太少了。

所以我现在的心态是，孩子到了五年级，功课确实很忙，或者他去美国了，他搬家了，不能在我这里学棋了，没关系。只要他心里还是很喜欢围棋，一旦有时间，他想下一盘棋，动动脑筋，我就会很开心。如果他在学习的时候，比如说背英文单词，他能通过以前下围棋的经验悟出一些巧方法，那也是我想要的效果，我也没白教。

其实教小孩子对我来说很简单，也谈不上特别大的成就感，教棋的成就感都在后面。你教的时间长了，你的孩子会越来越多。经常有比我个头还大的小伙子见到我，把我一把抱住，有时候还啃两口，说江老师你带的我，那真的是桃李满天下的感觉。AlphaGo 团队、湾区的好多律师、医生，都有我的学生，我觉得这些都很棒。

本文发表于《人物》2020 年 7 月刊

附录二

老师江铸久

杨小果

认识老师江铸久那一年，AlphaGo横空出世，随后深藏功与名。

在老师那里听到很多好听的名字，濑越宪作，武宫正树，木谷实，我以为，有这样名字的人，不学都应该下得好棋。老师布道，说真正有气韵，能让人屏住呼吸的棋子藏在日本的正仓院。一直打算去看，一直没能成行。

在我看来，这种仪式感十足的运动，谦谦君子之下杀得你死我活，只有中国人才想得出来。就算未来被科技完败，也只是更促成技艺回归，回到围棋本身的美感，成为人类自得其乐、修身养性的道具之一。

老师如此熏陶，至今我对围棋仍然毫无兴趣。

后来我想，这就是江老师常说的那句话——我教不来成人的。

老师有意思的地方就在这里，他说着自谦的话，话里话外都很淡。认识久了，一个反应慢的成人——像我这样的，也会突然醒过神来，这是说你不可教呢。然后，作为一个成人，我就笑了。

和大部分培训机构不一样，江芮围棋是鼓励旁听的。我在四明山认认真真听过一期，听的不是棋术，是江九段在给一帮不谙世事的孩子传授棋道。我感兴趣的是，对于一项结果论的博弈运动，输赢之前，如何让孩子在不自知中修习道。

大约这就是人们说的道法自然。

道法可修，难就难在自然这件事。

浙江余姚四明山，四季山水清明。

每年寒暑假，江老师都会在山上的书画院办一两期围棋初级集训。盛夏，山是扎扎实实的山，树绿得逼人，夏蝉饕餮长嘶。院子远处一处天心有水，莲下有鱼。孩子们会故意让鞋子、球掉进去，然后群策群力地又捞上来。近处一处天心罗汉松长得葱郁，下课后总有孩子围着闪躲追赶，天生一道好屏障。棋课从早上开始，每个孩子和家长都会得到一本围棋记录本，封面是江老师的书法，唐代王积薪的围棋十诀。第一诫赫然写着：不得贪胜。翻开来，白纸黑线，大大小小的棋格阡陌纵横。孩子可以用自己看得懂的方式记录所有他们认为值得记录的内容，孩子也必须用自己看得懂的方式记录所有老师要求他们记录的内容。自由和规则裹挟同行，江老师的课，风格一贯如是。

通常是老师先讲棋。

一屋子几十个孩子，最小也就 5 岁，最大却有十来岁，再加上无数颗蠢蠢欲动的棋子，江老师怎么让课堂变得静且井然，我眼睁睁看着，却也眼睁睁不知其然，只觉得天然该是如此。那一年集训，作为一个天生对计算迟钝，而对画面敏感的人，我坐在偌大的教室，看风从窗外即兴地划过，叶的背面都被整齐地翻起来，像小型的海。蝉的嘶鸣在某些时候要大过江老师的嗓门，有巨大且艳冶的蝴蝶闯进来，停在小朋友的书包上，久不肯去。老师句句如棋子落盘，笃定、温和。年轻时看季羡林写他幼时上学，窗外芍药正盛，讲书的是桐城派传人状元王崑玉，《古文观止》随手挑一篇都讲得江水横流，国文之美的天时地利人和已然占尽，令人艳羡。

凭着直觉上山，却遇上至美的学习境况。少年时向往的画面，被自己的孩子实现，偶然里裹挟着必然，这大约也就是生活的长情之处。

　　山里日子快，单调尤其快。

　　晨起，8点上课，对局，讲棋；午休，2点上课，对局，讲棋；7点晚自习，对局，讲棋。通常，晚上孩子们自习，江老师会在书画室里写字玩儿。上一次去，他正在一张巨大而又被各种纸张笔墨侵占得毫无空间的桌上，写"饺子"两个字，说是要给韩国朋友的饺子馆写招牌。大的，小的，一遍一遍写，一遍一遍看，惬意得很。

　　孩子们会抓住晚饭后完整的一块时间，在山路上看看晚霞，听肥硕的青虫吃叶子发出咔咔的声音，几乎是在惊叹间，一个漂亮的圆洞就完工了。如果运气好，路边的树丛里，蝉壳像雨后的果实争相挂满在枝干上。如果运气再好一点，偶尔，自习结束后，江老师会同意书画院里一个孙悟空画得特别好的大哥哥带孩子们去山路上捉萤火虫。空瓶子钻许多的小洞，一路捉，一路放，明明灭灭，煞是好看。天幕上有星光，并不如想象中亮堂，夏夜的光线里，很容易撞上肌肉强健的天牛，蜻蜓飞起来有轰炸机的声音，大蜘蛛沿着小路慌慌张张地爬。

这些看起来和围棋无关的自然事物，它们长在山上，一个季节过去，消亡在山上。而对于孩子们来说，它们因围棋而来，所以也成为学棋的一部分。这是安排里的巧合，也是必然里的偶然。教育被无限拔高的时代，成人们在孩子与时间之间拉锯，不能浪费，因为明日会成蹉跎；又不愿被过度支配，因为自我已然成型。

好微妙的度。

度是成人的算计；微妙，是我的得失心。

看江老师写"饺子"，看虫子吃叶子，看孩子们深入境而浑然不觉地日复一日，这种触类旁通却浑然不觉，大约就是我想象当中最合适的教育。越是混沌初开，器物塑形之时，好老师越发珍贵，贵在为人，专在术业。彼此互为因果，潜移默化孩子的器形。可是社会把塑形的事情都丢给了父母，而把作为填充物的知识放在了塑形之前和之上，这大约就是焦虑的根源。

自四明山起，寒暑假我们会定期上山和去上海集训。那些每周都能上到江老师课的上海孩子很好奇这几个定期冒出来的深圳孩子，以及来自这里那里，世界各处的孩子。反之亦然。

冬天，上海干冷。连续四五个小时的集训之后，包裹得严严实实的老师和孩子并排走在路灯米黄色的光线下，灯光将影子拽得老长，时间又赋予这些画面珍贵的仪式感。是独独属于这几个孩子的仪式，辛苦却并不知苦，快乐却并不知珍贵。这才是最难得。

一个孩子的成长过程，是一场接一场遇见的过程。

AlphaGo 和柯洁乌镇大战前夕，老师让孩子们向 AlphaGo 的创始团队提问，并亲自带去他们的问题求答。AlphaGo 大败人类之后，老师去香港做节目，绕道来深圳看小朋友，跟他们聊一只"狗"背后的故事。芮乃伟老师来深圳打比赛，江老师就带着孩子去现场观战，然后场外即时复盘。

这期间，老师要求对考级冲段抱不屑之心的我，给孩子报名参赛。

他告诫我，要对输赢放低，得先去输输赢赢才行。

数次的围棋级位段位赛，赛后，偌大一层楼的赛场，每一次都只会有铸久会的孩子在每一轮赛后记谱，写他们最好与最差的几步棋。我爱看孩子回忆棋谱的样子，空荡荡的教室，她浑然不觉此举多余。至于输赢，输了又能赢，赢了还会输，大不了再赢回来就是。反复多次之后，果然就被孩子放低。

围棋这种神仙打架的事，孩子修炼如何有趣和有度地打架，而我围观一场机缘修来的热闹，也可视为道。我懂的归我，孩子想懂的，我提醒自己，不要妨碍她去懂。

久未见老师。

开车经过深南路，远处树和天空近在咫尺，光线充沛，人声遥远。我会突然很想念江老师，想念他的课堂。他慢条斯理，开着自己的脑洞，带孩子去往他天真又缜密的乐园。

• 第一届中日围棋擂台赛第二局，江铸久（执白，上图右）对战依田纪基（执黑，上图左），白棋 3 目半胜。（组图）

• 第一届中日围棋擂台赛。江铸久第四战战胜日本天元头衔片冈聪。图为二人在上海南京路（左图）及在当时的国家体育总局门前留影（右图）。

• 擂台赛第四战江铸久与片冈聪的对战结束，晚上曹志林八段在上海张江剧场进行大盘讲解，紧张的气氛从对战室扩散至研讨室。

• 1982 年中日交流赛中国棋手第一次"带段出征",前排右起:芮乃伟四段、武宫正树
九段、钱宇平四段;中排右起:曹大元六段、聂卫平九段、藤泽秀行九段、胡长荣团
长;后排右起:江鸣久五段、江铸久五段、杨晋华五段、马晓春七段。

• 江铸久与画家朱新建。

• 1997年北美"铸久杯"，获奖者辰辰与江铸久夫妇合影。辰辰长大后取得了哈佛大学法学博士学位。从1993年起，江铸久、芮乃伟夫妇自筹资金，在美国举办铸久杯围棋公开赛，这是全美最大的围棋盛事。

• 2024年1月，第二十九届北美铸久杯举办。

• 2012 年，江铸久带领铸久会的孩子乘船从上海出发，赴日本北九州参加中日少年儿童围棋交流赛。

• 只要有机会，江铸久就会带领铸久会的孩子参加日本围棋大会。

- 2023年6月18日，江铸久带领铸久会的孩子在上海南京路华为旗舰店观摩中国女子围棋甲级联赛上海队比赛。这样的观摩一是让孩子在技术上直观地体会到了高手的思路与技艺，二是在精神层面看到了优秀棋手不仅仅是棋艺高超，而且待人接物真诚耐心，对孩子有很好的正面影响。

- 比赛结束后，芮乃伟通常会与铸久会的孩子们互动并分享对战心得，这是铸久会的"传统项目"。

• 孩子们群策群力，车轮战"围殴"江九段。（组图）

• 铸久会四明山暑期班。

• 江铸久、芮乃伟夫妇常常会写书法制作文创小物，当作奖品鼓励孩子们学棋。

- 2010 年，江铸久和芮乃伟协助美国双院士埃尔温（前排右一）在中国棋院举行数学卡片棋比赛，参赛的都是国内一流高手。埃尔温曾是美国最年轻的院士，他在 1990 年发明了这款将数学和围棋相结合的智力游戏。江铸久和他相识也是在这一年。埃尔温喜欢围棋，并在官子方面有很深的研究。后来他也跟江铸久学棋。1998 年，埃尔温花了大量时间，研究了江铸久同芮乃伟下的一局棋的官子。那段时间他常常开车从伯克利去江铸久夫妇位于山景城的家，带着一大堆问题。后来，他将研究成果发表在了著名的数学刊物上。1999 年江铸久夫妇到韩国下棋后，还应埃尔温之邀在伯克利大学一次数学界学术会上下了数学卡片棋的表演比赛。全美各地不少对棋有兴趣的数学家都观看了这场表演赛。后来江铸久想，如果能够在中国举行同样的活动，那么对中国围棋在全球数学界的影响以及世界围棋的普及方面都会起到正面的作用。2009 年 1 月 3 日、4 日，铸久杯在旧金山湾区举行，江铸久从韩国飞去参加，向埃尔温讲述了自己的想法，埃尔温觉得不错，萌发了来中国推广数学卡片棋的念头。

• 2017年9月29日至10月2日，由联合国教科文组织和法国阿尔多瓦大学联合主办的"国际跨文化学术研讨会"在巴黎联合国教科文组织总部举行。江铸久应邀赴联合国教科文组织总部演讲。演讲题为《围棋中的易经思想》。

• 2017年，江铸久夫妇应邀参加"中国乌镇·围棋峰会"，与AlphaGo创始人戴密斯·哈撒比斯合影。

• 濑越一门齐聚大理苍山。

• 2018年4月29日，江铸久、芮乃伟、张璇、常昊在福州参加纪念吴清源的活动。

• 2019 年 4 月 3 日，林海峰（前排左三）携夫人（前排右一），与武宫正树（前排左一）、车敏洙（后排左二）同赴上海铸久会探望江铸久夫妇。

• 2023 年 8 月 26 日，山西晋城名人邀请赛比赛间隙，芮乃伟、孔杰、曹薰铉、江铸久、武宫正树在探讨棋局。

摄影 尹夕远

下幕去

道在平常心無造作無是非

無取捨無凡無聖吾輩慕

人以慕求道故曰下幕去

壬寅正月　鑄久

诚挚感谢在本书出版过程中提供帮助的韩国棋院、日本棋院、山西人民出版社、谢锐、武普奥、Dong Lin、杨烁、刘昊、吉小冬等机构和朋友。